www.tredition.de

AF196872

Barbara Hillmann

Einst Trümmerkind, dann um die Welt

19 Reiseerlebnisse

www.tredition.de

Verlag & Druck: tredition GmbH, Halenreie 40-44, 22359 Hamburg

ISBN
Paperback   978-3-7497-1366-0
E-Book   978-3-7497-1367-7

Inhaltsverzeichnis

Ein Großstadtkind

Im Berlin der Nachkriegsjahre lebt man beengt. Die kleine Familie – Mama, Papa und Bärbel – sind im 5. Stock bei Großtante Jette im Berliner Bezirk Tiergarten untergekommen. Tante Jette war früher Schneiderin in den sogenannten besseren Häusern. Heute zaubert sie ab und zu aus einem aufgetrennten Herrenanzug ein Tailleur-Kostüm. Oma und Opa sind auf Umwegen aus Pommern ebenfalls hierher geflüchtet. Bärbel freut sich immer auf die tägliche Schummerstunde. Es gibt noch oft Stromsperren in Berlin, die man mit der gemütlichen Schummerstunde und spätem Anzünden der Petroleumlampen überbrückt. Vorher werden die Zylinder mit Zeitungspapier poliert, bevor die Zeitung in akkurate Quadrate zerschnitten wird und an einer Strippe neben dem Klo als Toilettenpapier dient. Bärbel liegt dann in Opas Arm auf dem Canapee und lauscht den Geschichten aus seiner Armeezeit auf dem Segelschiff „Gneisenau". Auf Opas weißem Stoppelhaar sitzt ein Käppi; aus der Piepe dampft und gurgelt es. „Potzdonnerwetter, Willem, wie kannst du das Kind bloß so einräuchern". Oma rauscht ins Zimmer und reißt ein Fenster auf. Morgens hilft Bärbel, die Kaninchen auf dem Balkon mit Kartoffelschalen zu füttern und die Tomaten zu begießen. An die Tabakpflanzen im Blumenkasten lässt Opa aber auch sie nicht ran. Heute ist Opa schon früh losgezogen. Er will im Tiergarten Stubben ausbuddeln. Das zersägte und getrocknete Holz hilft später, über den Winter zu kommen. Gegen Mittag pumpt sich Oma beim Kohlenhändler Miege einen großen Handwagen und zieht mit Bärbel los, Opa abzuholen. Sie haben für ihn Muckefuck und Klappstullen mit Schmalz mitgebracht. Der Handwagen wird beladen und die Drei zotteln nach Hause; Bärbel darf schieben. Abends sitzen alle beisammen. Es gibt aufregende Neuigkeiten. Ab Juni hat man Papa eine Arbeitsstelle versprochen. Mama musste heute zum Alex in den Osten. Opas Lokomotivführer-Rente wird zur Hälfte in Ostmark gezahlt. Das Geld muss im Ostsektor ausgegeben werden. Aber dort gibt's auf offiziellem Weg noch weniger zu kaufen als in den Läden im Westen. An Stelle von Geld hat die Reichsbahn heute mit einem Freifahrtschein gezahlt. Was soll man bloß damit anfangen ? Opa hat die Lösung: „Ihr nehmt diesen Schein und besucht nächste Woche meinen Neffen Alfred in Kanin; das ist auf Usedom". Kein Mensch würde in diese kargen Zeit an Sommerfrische denken. Opa ist praktisch veranlagt: „Wir können diesen Schein doch nicht verfallen lassen. Alfred und Mia haben einen Bauernhof und da fahrt ihr hin, basta !"Mama erkundigt sich am Ostbahnhof nach den Verbindungen und schickt dann ein Telegramm nach Kanin: „gerda rudi baerbel kommen mittwoch stop bhf usedom 14 10 h stopp gruss onkel wilhelm".

Usedom ist von Berlin gar nicht soweit entfernt aber sie müssen sehr früh aufstehen. Die kleine Familie sieht merkwürdig selbstgestrickt aus. Das kam so: Neulich war Papa auf dem Schwarzmarkt, danach war seine Mundharmonika verschwunden und plötzlich röbbeln Oma, Mama und Tante Jette 6 Paar lange Unterhosen und langärmelige Unterhemden aus US-Army-Beständen auf, bewickeln große Topfdeckel mit der Wolle, tauchen sie in die Zinkbadewanne und nach dem Trocknen wird um die Wette gestrickt. Und nun klettern alle Drei in neuen olivfarbenen Strickjacken in die Eisenbahn. Als sie endlich in Kanin sind, kommt Bärbel aus dem Staunen nicht heraus. So viele rote Fahnen. „Mama haben die hier Kinderfest ?" Onkel Alfred holt sie mit dem Pferdefuhrwerk ab. Auf dem Bock haben nicht alle Platz, aber hinten im Stroh zu sitzen ist sowieso schöner. Keine Ruinen, keine kaputten Straßen, keine zerbombten Bäume. Überall satte Wiesen mit Butterblumen. Sogar Kühe sieht sie. Auf dem Hof dann noch mehr Tiere. watschelnde Gänse, auf der Koppel Pferde, die süßen rosa Ferkel und auf der Türschwelle sonnt sich eine Katze. Am liebsten würde Bärbel alles anfassen. Und so viel Platz überall im Haus ! Tante Mia zeigt ihr sogar ein eigenes Mansardenzimmer mit Blick auf den Misthaufen; obendrauf wacht ein Gockel mit grün schillernden Schwanzfedern über seinen Harem. Dann wird aber erstmal Kaffee getrunken. Und wieder unglaubliches Staunen: Tante Mia verteilt riesige Stücke Rhabarberkuchen vom Blech; dazu gibt's Sahne – so viel sie will. „Stopf nicht so", mahnt Mama.

Später erzählen alle von Kriegs- und Nachkriegserlebnissen und Bärbel macht sich dünne. Im Stall war sie noch nicht. Drinnen ist es warm und es duftet so gut. Vladi, der polnische Arbeiter, winkt sie zu sich. Er füttert gerade zwei Kälbchen und zeigt ihr, was die mögen. Nun nuckeln die Kälber an ihren Fingern, das kribbelt schön. Vom Eingang her ein Schrei „Barbara, mein Gott, die Biester beißen meine Kleine". Mama ist entsetzt und Vladi hält sich den Bauch vor Lachen.

Vor dem Abendessen muss gemolken werden. Das ist Frauenarbeit. Alle haben ein Tuch am Hinterkopf verknotet. Natürlich muss Bärbel auch ein Kopftuch haben. Onkel Alfred kutschiert sie zur Weide und hievt nach dem Melken die schweren Kannen auf das Fuhrwerk. Bärbel ist mit ihren Melkversuchen unzufrieden. Stripp, strapp, strull, die Kuh bewegt sich und Bärbel kippt vom Schemel. Na, das wird schon noch.

Beim Abendessen verkündet sie „Mama, ich esse heute wie ein Scheunendr...." und schwupps schläft sie am Tisch ein. Am nächsten Morgen begleitet sie Papa runter zum Kleinen Haff. Beim Fischer wechselt eine Pulle selbst gebrannter Köhm seinen Besitzer gegen einen großen Korb frisch gefangener Heringe. „Sieh mal Papa, die haben hier auch eine Ruine". „Das war mal ein Lokomotivhebewerk und bleibt als Denkmal stehen" erklärt er. Das muss sie Opa erzählen, wenn sie wieder zu Hause sind.Und Freitag hat Onkel Alfred eine große Überraschung. Bärbel darf mit ihm zur Molkerei fahren – dreispännig. Auf freier Strecke lässt er sie sogar die Zügel halten. Rund um die Molkerei warten schon mehrere Fuhrwerke. Onkel Alfred reiht sich ein und verschwindet auf einen Plausch mit Nachbarn. „Wenn wir an der Reihe sind, ziehst du einfach ein Stück vor, du kannst das ja", sagt er zu Bärbel und ist weg. Sie platzt fast vor Stolz, als er nach einer halben Stunde zurückkommt und sie gerade bis zur Rampe vorfährt – dreispännig wohlgemerkt.

Die Tage sind vollgepackt mit neuen Erlebnissen: Eier einsammeln, Wäsche auf der Bleichwiese auslegen, Samen im Gemüsegarten aussäen, nochmalige Melkversuche.

Als sie nach einer Woche nach Hause fahren – bepackt mit Eiern, einer Seite Speck, einer Mettwurst und Erdbeermarmelade - steht für Bärbel fest: „Ich heirate später mal einen Bauern" !

In einem fremden Land

Der Umzug ist fast geschafft. Nicht etwa ein Wohnungswechsel von Berlin nach Hamburg. Nein, von Berlin nach Campinas bei Sao Paulo, also nach Brasilien. Und weil man in Brasilien nur schwer Umlaute aussprechen kann, wird aus dem kleinen Bärbelchen von 11 Jahren nun Barbara. Bis zum Eintreffen des Hausstandes aus Deutschland werden Barbara und ihre Mama bei Onkel und Tante in Rio untergebracht, während der Papa bemüht ist, ein Haus in Campinas zu finden, Behördenkram zu erledigen und – nun ja - um zu arbeiten; dafür hatte man ihn vom Stammhaus seines Arbeitgebers schließlich nach Brasilien geschickt.

Jeden Tag donnern neue Überraschungen auf Barbara nieder. Diese Neuigkeiten werden nachts verarbeitet. Sie träumt, der Mond stehe auf dem Kopf und der Große Wagen sei heruntergefallen, um dem Kreuz des Südens Platz zu machen. Sie schafft es nicht, in die Strassenbahn einzusteigen. Die Seiten sind offen und auf den Trittbrettern hängen Trauben von Männern, an denen sie nicht vorbei kommt. Untermalt werden diese wirren Träume von rhythmischen Trommelklängen. Mehrmals in der Woche üben Sambaschulen für den nächsten Karnevalsumzug. Der Haushalt von Onkel und Tante ist für ein Berliner Großstadtkind faszinierend. Es gibt sogar ein Zimmer, in dem nicht gewohnt wird. Auf Regalen bis zur Decke kann man Onkels Segelpokale bewundern. Und dann die vielen Mitbewohner. Die Köchin Maria und ihr Mann, der Gärtner, wohnen im Souterrain und haben ein niedliches Schoko Baby. Isabella ist fürs Putzen zuständig und einmal in der Woche kommt die Wasch- und Flickfrau Iolanda, die ihr süßes schwarzes Baby mitbringt. Beide Kinder liegen dann wie Mumien verpackt auf der Terrasse. Für deutsches Empfinden sind 20 Grad sehr angenehm.

Aber in Brasilien herrscht im Juli Winter – also müssen die Babys vor Kälte geschützt werden. Iolanda entscheidet, das arme deutsche Kind braucht dringend einen Unterrock. Da Onkel Georg recht wohlbeleibt ist, reichen zwei ausrangierte Oberhemden, um für Barbara einen Unterrock mit drei Vollants zu nähen. Das Ungetüm wird noch mit Maizenabrei gestärkt und Barbara hüpft selig durch den Park. Zum Strand darf sie nicht, jedenfalls morgens nicht alleine. Man findet dort dann Reste vom nächtlichen Macumba-Treiben. Sie hat mächtig Bammel, verzaubert zu werden. Darum spielt sie doch lieber mit den Schoko Babys.

Mama ist weniger selig. Voller Ungeduld hält sie sich meistens in der Nähe des Telefons auf. Endlich, nach 8 Wochen, kommt der erlösende Anruf:„Haus ist gefunden und die Möbel vom Zoll freigegeben".

Nachdem das neue Zuhause eingerichtet ist wird beschlossen, der Fratz muss zur Schule. Kurzerhand wird sie bei Dona Dulce angemeldet. Diese Dona gilt als d i e Expertin, Kinder zur Aufnahmeprüfung fürs Gymnasium zu drillen.

Barbaras Sprachkenntnisse beschränken sich auf „guten Tag" und „danke". Die Mitschüler sind naturgemäß neugierig. „Bist du mit dem Schiff hergekommen oder geflogen?" Fürs Fliegen wird seitlich mit den Armen gewedelt; Schwimmbewegungen bedeuten Schiff. Bei Dona Dulce wird rigoros auswendig gelernt: Brasilanische Geschichte und Erdkunde, Rechnen, Grammatik.

Nach sechs Monaten besteht Barbara tatsächlich die Aufnahmeprüfung im Ginásio Ateneio Paulista. Die stolzen Eltern schicken Bilder nach Hause von Barbara in Uniform: Grauer Faltenrock, weiße Bluse, rote Krawatte und rote Strickjacke für kühlere Tage. Sport findet nachmittags ganz in Weiß statt.

Zum ersten Geburtstag in der Ferne darf sie die neuen Freundinnen einladen: Zwei Brasilianerinnen aus dem Drillkurs bei Dona Dulce, eine Libanesin - im Geschäft deren Eltern kauft Mama immer die schönen Kleiderstoffe – eine kleine Japanerin, deren Familie eine Gemüsefarm betreibt, und ihre Busenfreundin Silvia Eisenstein. Deren Eltern sind mit ihren Eltern befreundet.Eisensteins sind emigrierte Juden. Barbara weiß mit dem Begriff Juden nichts anzufangen. Weder zu Hause noch in der Schule in Deutschland war das ein Thema. Erst nachdem sie an einem Freitag Abend bei Eisensteins hereinplatzt weiß sie, was Sabbat ist und was er bedeutet.

12

Auch nach einem Jahr heißt es immer noch, sich an Unbekanntes zu gewöhnen. Zum Beispiel rennt man nach einer Fahrt im überfüllten Bus sofort ins Badezimmer und schüttelt sämtliche Kleidungsstücke über der Badewanne aus. Die rausspringenden Flöhe werden mittels Brause ertränkt.

Nachdem die Niederlassung „steht'", werden weitere Familie vom Stuttgarter Stammhaus nach Campinas geschickt. Barbara wird oft als Dolmetscherin bei Behördengängen und Häusersuche mitgeschickt. Ihr Kommentar: „Nee, mit denen will ich nichts zu tun haben, die benehmen sich schrecklich deutsch; es ist so peinlich, wenn man ihnen in der Stadt in kurzen Hosen, Sandalen und Söckchen begegnet'".

Deutsche Weihnacht in Brasilien

Seit einer Woche habe ich Sommerferien und in zwei Tagen ist Heilig Abend. Lichterketten blinken in den Palmen der Innenstadt. Kaufhäuserfronten zieren dicke Schnee- und Weihnachtsmann-figuren, auf dem Platz vor der Kathedrale hat man ein Karussel aufgebaut. Ladeninhaber wetteifern untereinander, die Innenstadt mit „Jingle Bells", „Rudolf das Rentier" und „Stille Nacht" zu be-schallen. Die Hitze zwingt luftig gekleidete Passanten, nicht in hektische Aktivitäten zu verfallen.

Auch bei uns zu Hause sind die Festvorbereitungen in vollem Gange. „Bei uns" bedeutet: Papa, Mama und ich – 14 Jahre alt. Mit himmelwärts gerichtetem Blick heißt es öfter über mich: „Der Fratz ist im schwierigen Alter". Verstehe ich nicht. Eigentlich sind meine Eltern knatschig und nicht ich.

Die Weihnachtspyramide, Baumschmuck und Omas gestickte Decken werden aus der Truhe geholt. Oh weh, durch die hohe Luftfeuchtigkeit haben die Decken Stockflecke und müssen noch schnell gewaschen werden. Mama bürstet einen dunklen Anzug von Papa aus. Nun hängt das gute Stück zum Auslüften zwischen Hibiskus und Oleander im Garten.

Dann verteilt Mama Listen. Ich werde zu Herrn Rütli in die Großmarkthalle geschickt. Herr Rütli hat dort einen Stand. Man bekommt bei ihm Raritäten wie Wiener Würstchen, Leberwurst, gekochten Schinken und Schwarzbrot. Papa ist für den Festtags-braten zuständig und soll einen Weihnachtsbaum besorgen. So ganz einfach ist das nicht. Im Staate Sao Paulo, wo wir wohnen, wachsen weder Tannen noch Fichten. Bei den meisten ziert daher ein zusammenklappbarer, künstlicher Baum das Wohnzimmer.

Nein, so'n Plastikkram kommt für uns nicht infrage. Papa schleppt also eine Pinie an und überrascht uns mit einem riesigen Truthahn. Der ist für den 1. Feiertag geplant. Heiligabend selbst gibt's bei uns traditionell Würstchen und Kartoffelsalat.

„Ich gehe mal rasche zu Dona Maria, Papas neue Fliege abholen". Tatsache ist, dass Mama den neuen zitronengelben Traum von einem Etuikleid bei der Schneiderin abholen will. Als Zugabe näht Maria aus Resten des Kleiderstoffs immer eine Fliege für Papa. Natürlich bringt Mama dann auch den Albtraum eines Kleidesfür mich mit: Himmelblau, mit tief angesetztem Faltenrock und Pikeekragen, der vorne zu einer Krawatte ausläuft - g r ä s s l i c h.

Beim Frühstück am Heiligen Abend gibt es Diskussionen. Ich finde es öde, zum Nachmittagsgottesdienst in die Kirche zu müssen. „Nun glaube uns doch, wir wollen immer nur dein Bestes". Diesen Spruch kann ich auswendig... „Pastor Methner soll dich Ostern konfirmieren und da gehört es sich, dass wir uns Weihnachten in der Kirche sehen lassen". Ich maule noch ein bisschen, rühre dann aber die Mayonnaise für den Kartoffelsalat und helfe, alles vorzubereiten.

In der Kirche ist es um Umfallen heiß. Frau Pastor huscht im Hintergrund des Engelchors umher, richtet dies und zupft das. Ihre Vogelnestfrisur ist durch die Hektik verrutscht. Herr Pastor hat klatschnasse Haare. Ob der sich nach dem Duschen nicht abgetrocknet hat ? „Nee" sagt mein Vater, „das kommt vom Bier".

Abends zu Hause sitzen wir in sehr legerer Kleidung friedlich beim Abendessen. Unterm Baum liegen die verpackten Geschenke und drei Pakete von den Lieben aus Deutschland. Ich freu mich schon aufs Kokeln, denn bestimmt sind da auch ein paar Tannenzweiglein drin. Am Baum brennen die Kerzen und als die LP mit den Wiener Sängerknaben abgelaufen ist heißt es: „Nun spielt der Fratz ein Weihnachtslied für uns". Na ja, ich wusste ja, das gehört zum Programm, setze mich ans Klavier und klimpere „Leise rieselt der Schnee". Urplötzlich kann ich vor Lachen nicht weiterspielen. Fasziniert beobachten wir, wie sich durch die Hitze die Kerzen nach unten biegen und rotes Wachs auf die Geschenke tröpfelt. Schnell pusten wir sie aus, da donnert draußen ein gewaltiger Tropenregen herunter. Papa hat eine großartige Idee. Alle drei hopsen wir fröhlich durch den Garten. Später kommen wir zum letzten Punkt des Weihnachtsprogramms. Im Pyjama, mit angeklatschten Regenfrisuren, zieht Mama alle Register auf dem Klavier und ergriffen lauschen wir ihrem Spiel „Domglocken in der Christnacht".

Zur besonderen Feier des Tages gibts noch ein Glas Champagner - auch für mich. Vor dem Einschlafen denke ich: „Bisher wars doch ein nettes Fest, morgen muss ich als erstes endlich die Geschenke auspacken".

Tante Gretchen

Zunächst ist Bärbel ein paar Tage lang mürrisch, enttäuscht; man lebt in den 60ern und sie ist fast 17, da kann man doch mal zwei Wochen allein zurechtkommen. Aber nun freut sie sich, dass heute Tante Gretchen aus West-Berlin anreist. Sie soll zu Hause nach dem Rechten sehen, vor allem aber natürlich ein Auge auf Bärbel haben, während deren Eltern sich zehn Tage lang bei einer Entschlackungskur für Körper und Seele bei einer weisen Frau in der Eifel erholen. Bärbel hat keine Vorstellung davon, wie man sich beim Fasten und Tautreten erholen kann. Zunächst gibts aber Richtlinien. Und damit Bärbel sie nicht vergisst, wird eine Liste an die Küchentür gehängt. Im Stillen nennt Bärbel die Liste „die zehn Gebote": Kein Fernsehen, keine Party, Blumen gießen, keinen Kuchen anstatt Mittagessen, Klavier üben nicht vergessen und weitere Richtlinien. Dann bekommt sie einen Umschlag mit Wirtschaftsgeld. „Da lernst du ganz nebenbei, mit Geld umzugehen". Bärbel findet „Wirtschaftsgeld" ist ein unsinniges Wort. Man könnte meinen, das Geld wird in eine Wirtschaft getragen.

Um rechtzeitig zum Einführungsvortrag anzukommen, müssen die Eltern dann auch schon los und Bärbel fährt zum Kölner Hauptbahnhof. Keuchend, stinkend, qualmend kommt der einlaufende Interzonenzug zum Stehen. Schnell entdeckt sie im Gewühl die silbrigen Löckchen ihrer Tante.

Energisch bahnt Bärbel sich einen Weg durch die drängelnde Menge. Wegen Fronleichnam steht im katholischen Köln ein langes Wochenende bevor, daher ist der Zug so überfüllt. Bärbel wedelt mit den noch schnell gekauften Moosröschen, um sich bemerkbar zu machen. Tante Gretchen steckt mitten in einem Menschenknäuel. Sie verabschiedet sich umständlich von den ach so netten Mitreisenden ihres Abteils. Das ist immer so. Gretchen lernst ständig reizende Leute kennen. Dann entdeckt sie Bärbel. '"Mein Mäuschen, schön, dass du da bist. Sehen Sie mal Frau Hagelstein, das ist Bärbel, meine Großnichte".

Zu Hause angekommen meint Tantchen: „Als erstes muss ich den Mief vom Interzonenzug und meinen Panzer loswerden; ich gehe mich mal frischmachen". Nach dem Ableben von Onkel Erich ist Tantchen etwas rundlich geworden, was mit besagtem Panzer kaschiert wird. „Weißt du, wir machen uns einen gemütlichen Lotterabend. Nachher kommt der Straßenfeger von Durbridge im Fernsehen; das willst du doch sicher auch sehen?" Als Bärbel schnell ein paar Schnittchen vorbereitet - „vergiss die Gürkchen nicht" - und klammheimlich die „zehn Gebote" entfernt, hört sie Gretchen im Bad La Paloma schmettern. Sie kennt das gesamte Repertoire von Freddy Quinn, Catarina Valente und Peter Alexander auswendig. Dann sitzen beide im Pyjama vorm Fernseher und sinnieren, wer wohl der Mörder sein könnte.

Am nächsten Vormittag kommt ein verführerischer Duft aus der Küche. „Die Äpfel mussten weg, ich habe schnell einen Kuchen gebacken, da sparen wir uns das Mittagessen – und nun will ich Zeitung lesen" meint Gretchen. „Bärbel" ruft sie kurz darauf, „am Wochenende gastiert Max Greger mit seinem Orchester im Tanzbrunnen, da müssen wir hin". Am späten Nachmittag wird sich hübsch gemacht. Beide haben da ganz eigene Vorstellungen, woraus sich ein Disput entwickelt: „Nee, Gretchen, dieses Monstrum von Tasche ist unmöglich". „Die haben mir deine Eltern geschenkt, echtes Ziegenleder, solche Geschenke hält man in Ehren". „Ist ja fein, aber diese Tasche sieht aus wie ein Rucksackauf der Flucht". „Ach was, da passen eben alle wichtigen und persönlichen Dinge einer Dame hinein". Dann besprüht sie sich ausgiebig mit „Tosca" und beide ziehen los zum Schiffsanleger hinter dem Hauptbahnhof, weil Tantchen unbedingt mit dem Bötchen zur schäl Sick nach Deutz übersetzen will. Alles, was sich nicht auf der Dom-Seite befindet, wird von den Kölner „de schäl Sick" genannt.

Der Tanzbrunnen liegt direkt am Rhein. Zielstrebig steuert Gretchen einen Platz direkt vor der Bühne an. Tantchen ist in ihrem Element und amüsiert sich über die Faxen von Freddy Breck. „Weißt du, der mimt den Clown im Orchester". Ganz erstaunt ist

Franzi, als ein geschniegelter, pickliger Jüngling sie zum Tanz bittet.

Sonntag wird getrödelt und getratscht. Gretchen hat sogar den Sender verstellt. Anstelle von Papas WDR Klassik ertönt nun flotte Tanzmusik. Dann hat Tantchen die Idee mit einer Party. „Dürfen wir das denn, kostet doch Geld", Bärbel hat Bedenken. „Ach Mäuschen, man lebt nur einmal. Wir zweigen etwas vom Haushaltsgeld ab. Morgen kaufen wir Stoff und ich nähe dir einen hübschen Rock". Bärbel geht wie auf Wolken. Ihr kommt plötzlich der Gedanke, wer in dieser vorübergehenden Zweckgemeinschaft wohl auf wen ein Auge hat.

Intensivkurs in Castelnaudary

Es ist mir gelungen, meinen Chef davon zu überzeugen, dass Englischkenntnisse allein bei unseren internationalen Geschäftsverbindungen nicht aussreichen. Französisch wäre auch von Vorteil.Ich weise diskret darauf hin, dass mir noch 2 Wochen Urlaub aus dem vergangenen Jahr zustehen, plus unzählige Überstunden, plus 3 Wochen aus diesem Jahr. Das müsste reichen, um meine Schulkenntnisse auf Vordermann zu bringen.

Die Alliance Francaise ist das Pendant zum deutschen Goethe Instituts, d.h. zuständig für Kultur und Verbreitung der jeweiligenSprache. Ein 6-wöchiger, staatlich subventionierter, Intensivkurs wird für europäische Interessenten in Südfrankreich angeboten.

Allerdings gibt es einen kleinen Wermutstropfen bei dieser Reise, denn mein Verlobter will unbedingt mitfahren. Genau genommen hat er ja recht. Er arbeitet in Berlin für den französischen Reifenhersteller Michelin und profunde Sprachkenntnisse wären einem Sprung auf der Karriereleiter förderlich. Tatsächlich aber wird er zerfressen von Eifersucht und wegen vieler unschöner Szenen wackelt unsere Liaison sowieso schon gewaltig.

Mein Optimismus gewinnte die Überhand und dann ist der Tag unserer Abreise nach Südfrankreich schon da. Es wird eine lange nervige Fahrt mit dem Nachtzug bis zum Gare du Nord in Paris. Mit Gepäck und Paganelchen umsteigen in die Metro und weiter zum Gare d' Est, um Castelnaudary am Canal du Midi in Südfrankreich zu erreichen. Dort angekommen, verfrachtet man uns in einen klapprigen Bus, der uns zum alten Chateau schaukelt, das nun für 6 Wochen unser „Internat" ist. Zunächst wirkt alles etwas heruntergekommen; vielleicht liegt es auch daran, dass wir übernächtigt sind und die rosarote Brille verlegt haben. Jedenfalls aber ist der riesige Park verwunschen und im hinteren Teil gibt es sogar ein grosses Schwimmbassin umgeben von einer Wandelhalle und Säulen mit verwitterten Römerköpfen. Abgesehen vom grossen Salon mit abgewetzten Fauteuils, Flügel und riesigem Kamin ist die Einrichtung eher spartanisch. Madame Lafontaine, die Directrice, versucht ihr Möglichstes, die Kursteilnehmer aus Spanien, England, Schweden, Österreich, Italien und Deutschland so aufzuteilen, dass die Nationalitäten von einander getrennt in Vierbettzimmern schlafen und so von vornherein gezwungen sind, unter-einander Französich zu sprechen.

Ohne mein Wissen wickelt mein Verlobter Madame Lafontaine allerdings derartig um den Finger, dass uns genau wie einem älteren spanischen Ehepaar ein Doppelzimmer zugewiesen wird. Oh Gott, ich hatte so auf Distanz gehofft.

Alle treffen sich später zum ersten Abendessen im großen Speisesaal an langen Tischen und Bänken. Bunt gewürfelt sitzen die Schüler mit dem Lehrkörper – eigentlich ein schreckliches Wort – zusammen. Unsere Professeurs sind Studenten der Abschlussklassen, die während der Semesterferien ein Praktikum absolvieren. Wie in Frankreich üblich, gibt's mittags und abends ein drei Gänge Menü, Wasser und offenen roten Tischwein dazu.

Am nächsten Tag werden alle auf ihre Vorkenntnisse geprüft und entsprechend in Anfänger-, Fortgeschrittene- sowie Literaturklassen eingestuft. Die Alliance Francaise benutzt in ihren Instituten weltweit den „Blauen Mauger". Ein Lehrbuch, das rein Französisch aufgebaut ist, auf anderssprachliche Erläuterungen völlig verzichtet, und den ich schon von Brasilien, Köln und Berlin her kenne. Mein Verlobter und ich landen in einer Fortgeschrittenenklasse mit Mademoiselle Denise als Lehrerin.Der Unterricht wird ernsthaft und intensiv von 9 bis 18 Uhr betrieben, mit zweistündiger Mittagspause. Donnerstags stehen Bus Exkursionen auf dem Plan; wir lernen Andorra, Toulouse, Sete, Carcaconne und Perpignan kennen. Freitags sind Klassenarbeiten angesagt und samstags bringt man uns in den Ort Castelnaudary, damit wir uns auf dem Markt, im Bistro, in Geschäften, am Kanal, im Park unter die Leute mischen und dem „Volk auf's Maul" schauen. Diese Strategie der Assimilation geht auf, denn wir sind gezwungen, französisch zu sprechen.

Da wir sonntags ausschlafen dürfen, veranstalten wir samstags kleine Partys rund um den Pool. Nach einer solchen fröhlichen Runde passiert dann das Unglück. Mein Verlobter hat zärliche Anwandlungen, wonach mir überhaupt nicht der Sinn steht. Er wird böse. In seinem umnebelten Jähzorn rutscht ihm die Hand aus. Unglücklicherweise erwischt mich sein Handrückken mit dem schweren Siegelring aus Massivgold an der Stirn; Blut fliesst in Strömen. Halb blind renne in in den Duschraum, Kopfwunden bluten immer so stark, Jedenfalls ist unser Zimmer, der Flur und das Waschbecken im Duschraum total versaut. Auch mit nassen Kompressen hört die Blutung nicht auf – wir müssen zum Arzt. Ein Mitschüler mit Privtauto fährt uns nach Castelnaudary. In der Aufregung und wegen der Dunkelheit klingeln wir bei einem Tier- arzt, der uns im Pyjama die Tür öffnet. Mit fünf Stichen näht er die Wunde und ich höre die Englein im Himmel singen; er kann mangels Masse am Kopf keine Betäubugnsspritze setzen, sagt er.

Am nächsten Morgen gibt es eine gewaltige Standpauke von Madame Lafontaine. Aus Scham erzähle ich, im Dunkeln gegen einen Schrank gelaufen zu sein. Aber hinterher findet der Schläger meinen Verlobungsring auf seinem Nachttische und ich ziehe in ein Vierbettzimmer um. Für mich ist diese Liaison ohne weitere Diskussion beendet. Nach fünf Tagen zieht der Tierarzt die Fäden und trotz violetter Mussaugen und Kopfweh schaffe ich die Abschlussprüfung mit „trés bien".

Glück in Helsinki

Leicht war es nicht, für die Rundreise der „Peter Pan" zum Jahreswechsel nach Helsinki, Stockholm und Kopenhagen eine Kabine zu ergattern. Diese Sonderfahrt stand in keinem Veranstaltungskalender und die Karten gingen - wie man so sagt – unter der Hand weg wie warme Semmeln.

Ein bewegter Jahreswechsel steht mir bevor, denn am 23. Dezember muss ich noch bis mittags ins Büro und quetsche mich dann in einen überfüllten Zug von Berlin nach Köln. Zu meinem reservierten Platz komme ich nicht durch – die Gänge sind mit Gepäck und Leuten verstopft. Trotzdem ist es recht fidel. Alle sind unterwegs nach Hause oder zu Freunden und freuen sich auf die Feiertage.

Wie immer verbringe ich Weihnachten bei meinen Eltern. In diesem Jahr heißt es aber m i t meinen Eltern, weil Mama einer guten Freundin zugesagt hat, zu ihr in die Schneifel zu kommen. Dieser Teil der Eifel gilt als schneesicher, daher habe die Ansässigen sie so getauft. Ernie, die Freundin, ist in Düsseldorf eine bekannte Fotografin und leitet auch mit Mitte siebzig eine Meisterklasse für Fotografie. Privat finde ich sie exaltiert. Ihr kleiner Hund ist voll integriert, was bedeutet, er sitzt bei den Mahlzeiten an seinem festen Platz mit am Tisch und morgens ist Zähneputzen angesagt. Papa verdreht die Augen und verzieht sich in die Küche. Er ist bei uns der Sternekoch, so ist er beschäftigt. Und ich bin froh, am 2. Feiertag zu entkommen.

Papa fährt mich ganz früh nach Gerolstein zum Bahnhof. Dreimal muss ich umsteigen. Als ich dann endlich in Travemünde an Bord gehe, sind die Strapazen aber schnell vergessen. Nach der üblichen Hektik vor dem Ablegen gleiten wir nun aus dem Hafen. Backbor sieht man die hübschen kleinen Häuser des Hafenviertels. Mit den weißen Schneemützen auf den Dächern und der glitzernden Weihnachtsbeleuchtung ist es wie ein Bild aus einem alten Märchenbuch – so friedlich. Steuerbord passieren wir die stolze Viermastbark „Passat". Und dann geht ein Zittern durchs Schiff.

Die Motoren laufen volle Fahrt voraus; nur langsam gewöhnt man sich ans Vibrieren. Später - man hat ausgepackt, das Schiff erkundet und sich mit einigen anderen bekannt gemacht - finden sich beim grandiosen skandinavischen Buffet die ersten Cliquen. Ein pensionierter Lehrer prahlt mit Geschichtskenntnissen. Der Kegelverein hinten in der Ecke spricht dem Wodka reichlich zu und fällt auf. Zwei Ehepaare stellen fest, dass sie aus der selben Stadt kommen.

Am nächsten Mittag gehen die Köpfe der Passagiere ruckartig hoch – die Geräusche haben sich verändert - fragende Blicke in der Runde. Wir haben das Schärengebiet vor Helsinki erreicht. Sehr langsam und vorsichtig nähern wir uns dem Hafen. Zwar hat es aufgehört zu schneien, aber in diesen Breitengraden wird es im Winter nie richtig taghell. Am Pier stehen zwei Busse für Rundfahrten bereit. Ich finde es reizvoller, auf eigne Faust loszuziehen, zumal das nahe Stadtzentrum ins Hafengebiet übergeht. Im trüben Licht leuchtet der schneeweiße Dom. Übergangslos bin ich auf dem Wochenmarkt. Zischende Acethylenlampen tauchen die Stände in bläuliches Licht. Ein Stand voller blühender, duftender Hyazinthen wirkt exotisch in dieser diffusen Beleuchtung. Dann schlendere ich durch die Markthalle. Unbeschreiblich diese Fülle an frischem, graved und geräuchertem Lachs. Hummer und andere Krusten- und Schalentiere, Heringe in allen Variationen, heimische Käsesorten, Rentierschinken und Pyramiden von Süßigkeiten. Abseits vom Bahnhof und Bankpalästen finde ich in Nebenstraßen kleine Boutiquen, Trödelläden, Buchantiquariate, Kaffeehäuschen. Plötzlich sehe ich auf die Uhr: die vier Stunden Landgang sind fast vorbei. Na, nun aber zurück Richtung Bucht. Schnell merke ich: Das ist nicht die Bucht, in der die „Peter Pan" festgemacht hat. Da Helsinki auf einer Landzunge liegt, sind überall Buchten. Ich muss einsehen, dass ich mich verlaufen habe. Fragen ist zwecklos. Außer mit Estnisch und Ungarisch hat Finnisch keine Ähnlichkeit mit anderen europäischen Sprachen. Die zweite Amtssprache

Schwedisch kann ich auch nicht. Ziemlich ratlos und nervös stehe ich am Straßenrand.

Wie schön, an der Ampel hält ein Streifenwagen. Ich klopfe ans Fenster „Hafen, Peter Pan" ? und blicke die zwei Polizisten fragend an. Der Fahrer steigt aus, hält mir die hintere Tür auf und wir fahren los. Nach einer Weile erkenne ich die Gegend und will aussteigen. Das geht nicht. Die hinteren Türen kann nur der Fahrer vorne entriegeln. Die Zwei amüsieren sind über mich und fahren weiter, ohne Stopp durchs Kontrolltor, bis vor die Gangway der „Peter Pan". Oh Gott, wie peinlich. Die Ausflügler sind bereits an Bord. Einige stehen an der Reling, andere sitzen gestikulierend hinter Panoramafenstern. „Seht mal, da wird jemand von der Polizei gebracht". Hastig bedanke ich mich bei meinen Rettern und stolpere die Gangway hoch. Die Kegelbrüder flössen mir einen Wodka ein. Eines steht fest: In Stockholm werde ich mich einer Busrundfahrt anschließen !

Ein grandioser Ball steht für Silvester auf dem Programm – Abendgarderobe erwünscht. Um Mitternacht wird ein spektakuläres Feuerwerk erwartet. Das hat aber noch Zeit. Die „Peter Pan" liegt im hell erleuchteten Hafen von Kopenhagen vor Anker; dadurch haben viele der Crewmitglieder frei.

Gerade steuert eine Traumerscheinung auf mich zu: Dunkelblaue Uniform, drei Goldstreifen am Ärmel, breites Grinsen und verschmitzte, veilchenblaue Augen. „Ich will unbedingt die kleine Frau kennenlernen, die so wichtig sein muss, dass eine Polizeieskorte sie am Schiff abliefert" !

Auf einer rosaroten Wolke tanze ich ins neue Jahr.

Einige Hürden auf dem Weg ins Paradies

Oh ja, es gibt sie diese Hürden. Ich will unbedingt ein Jahr lang in Sydney arbeiten und was mir entgegenschlägt, fängst meistens mit UN an: Unverständnis, Unmut, Ungläubigkeit. Meine Eltern nennen mein Vorhaben unüberlegte, unreife Spinnerei. „Wir wollen nur dein Bestes und du bist so undankbar".

Aber Au Pair in London oder Paris kann jeder und ich habe mir nun mal den 5. Kontinent ausgesucht. Und Au Pair will ich schon gar nicht - bin mit 23 Jahren auch zu alt dafür.

Vom australischen Immigration Office in Köln erhalte ich kilo-weise Unterlagen und kämpfe mich da durch. Man könnte kostenlos nach Australien gelangen, dazu müsste ich aber mit allen Konsequenzen einen Einwanderungsantrag stellen. Aber auswandern will ich ja nicht. Für mein Vorhaben verlangt man ein polizeiliches Führungszeugnis, Impfpass, Bescheinigung vom Gesundheitsamt, Nachweis, dass die Kosten für die Hin- und vor allem für die Rückreise gedeckt sind und den Nachweis einer Arbeitsstelle.

Als erstes gehe ich ins brasilianische Konsulat gegenüber der Gedächtniskirche. Meine Freundin Elke arbeitet dort als Kanz-leikraft, organisiert Ausstellungen und Konzerte und ist die gute Seele der brasilianischen Studenten in Berlin. Auf meinem Weg vom Büro nach Hause schaue ich öfter auf einen cafézinho im Konsulat vorbei und war ein paar Mal zur Feijoada beim Konsul zu Hause eingeladen.

Heute muss ich antichambrieren und bitte den Konsul um ein hochoffizielles, gesiegeltes Empfehlungsschreiben an seinen Kollegen in Sydney:

Diplomatenpost wird nicht normal befördert. Meine Bewerbung mit besagtem Empfehlungsschreiben wird daher per Kurier an die brasilianische Botschaft in Bonn geschickt, von dort an die Botschaft in Canberra und weiter ans Konsulat nach Sydney. Nach bangen, schier endlos erscheinenden acht Wochen erhalte ich auf dem selben Weg, nur umgekehrt, einen positiven Bescheid.

Das beflügelt mich, so dass ich jetzt gelassen meinen diversen Nebenbeschäftigungen nachgehen kann. Denn, die Haupthürde, um ans Ziel zu kommen, heißt Geldbeschaffung. Mittwochs um 18 Uhr fahre ich zu einem Herrn Grabowski. Im zweiten Hinterhof einer Parterrewohnung in Neukölln stellt er Tätowierungsentfernungsmittel her. Der Verkauf floriert durch Anzeigen im „Seemanns Blatt". Das ist die Zeitung der deutschen Seemannsmissionen im Ausland. Ich schreibe Rechnungen, verpacke diese ominöse Tinktur zusammen mit Anwendungshinweisen, tippe Zolldeklarationen und koche ihm Eintöpfe für mehrere Tage. Dienstags und donnerstags abends kommt Maria Elena zu mir zum Deutschlernen. Sie ist eine Café com Leite, das bedeutet Milchkaffee; so nennt man in Brasilien die Mulatten. Beim Karneval in Rio lernte sie ihren deutschen Traummann kennen, der sie kurzerhand mit nach Berlin genommen hat. Beide gehen sehr lieb miteinander um. Er bringt und holt sie ab und drückt mir dann immer 20,- Mark in die Hand. Freitags abends bin ich im heißesten New Orleans Jazzkeller von West-Berlin – dem Riverboat – als Garderobenfrau tätig und versuche, jedem seinen richtigen Mantel auszuhändigen, wenn im Überschwang und Trubel die Zettelchen verloren wurden.

Dann entdecke ich eine Kleinanzeige „Hilfskraft für's Bierzelt gesucht". West-Berlin ist ja eingemauert und drei der Alliierten haben das Gebiet in Sektore aufgeteilt. Die Russen als vierte Siegermacht haben ihre Kasernen im Ostteil von Berlin.

In den nächsten vier Wochen findet nun das traditionelle deutsch-amerikanische Volksfest statt. Da ich als Kellnerin wohl nicht genug Muckis habe - der Inhaber des Festzelts, Herr Zintel, nennt mich charmanterweise zierlich - bin ich für den Radi-Verkauf zuständig. Am Ausgabebuffett zahle ich 5,- Mark für 10 Portionen und habe in kürzester Zeit an jedem leeren Tablett 5,-- Mark verdient. Zwischendurch drehe ich mit der Hutstange eine Runde durch die Tischreihen. Diese vier Wochenenden machen mich und

Herrn Zintel so zufrieden, dass er mich auch beim anschießenden deutsch-französischen Volksfest in Tegel eingestellt.

Zum Oktoberfest in einer der Messehallen am Funkturm muss ich mich dann verabschieden, da wir im März und September immer zu den Messen nach Leipzig fahren. Die Organisation unserer drei Messestände ist so umfangreich, dass ich für Nebentätigkeiten keine Zeit mehr finde. An Wochenenden besuche ich unseren Innenarchitekten in Leipzig wegen der Standgestaltung.

Als die Leipziger Messe beginnt, steht mir keine Hürde, sonder ein Riesengebirge bevor. Ich muss mit Herrn van Vuuren, meinem Chef aus Amsterdam, über mein Vorhaben sprechen. „Für ein Schabbatjahr ist du eigentlich zu jung", meint er. Ich bin sprachlos. Hatte ich mir doch ...zig Argumente zurechtgelegt und nun stoße ich auf Verständnis ! Allerdings muss ich versprechen, nach einem Jahr meine Arbeit bei ihm tatsächlich wieder aufzunehmen - er spricht damit den angeblichen Frauenmangel in Australien an. Traditionell besiegeln wir unsere Abmachung per Handschlag und einem Genever. Es können auch zwei gewesen sein.

Die Wochen danach vergehen wie im Zeitraffer. Im West-Berlin ist Wohnraum knapp. Schnell finde ich ab Dezember einen Nach-mieter für mein Miniappartment, der bereit ist, für Gardinen, Bett und einen Schaukelstuhl 1.500,- Mark Abstand zu zahlen. Zusammen mit dem Angesparten aus den Nebentätigkeiten habe ich ein nettes finanzielles Polster. Geschirr, Bücher usw. packe ich in Umzugskartons, die ich bei Freunden im Keller unterstellen kann.

Dann spaziere ich stolz zum Hapag Lloyd Reisebüro am Ku-Damm, buche einen Qantas Flug nach Sydney und kaufe für die Rückreise eine offene Schiffspassage. Weil ich beides bar bezahle, bekomme ich 10% Rabatt auf das Flugticket und 20% auf den Preis der Schiffsreise. Von der Summe dieser Rabatte leiste ich mir die Luftfrachtkosten für zwei Umzugskartons mit Bettwäsche, Bügeleisen, Wolldecke, Handtücher, kleines Transistorradio und in paar Kleinigkeiten für den Haushalt.

Nun sitze ich überglücklich unter Jacaranda und Hibiskus im back yard von Bon Accord Avenue number 10 in Bondi, der schönsten Wohngegend, zehn Minuten vom Strand entfernt. Auch hier ist Wohnraum knapp. Die sechs Zimmer des Reihenhauses sind möbiliert an Einzelpersonen vermietet; der Landlord kommt samstags vorbei und kassiert von jedem 12,-- Dollar. Küche und Bad werden gemeinschaftlich genutzt.

Wer hätte gedacht, dass ich bis Sydney reisen muss, um mal die Erfahrung einer wunderbaren Erwachsenen-WG zu machen.

Bushwalking in den Blue Mountains

Freitags lassen wir die Mittagspause ausfallen und schließen dafür das Konsulat schon um 16 Uhr.Soweit es die klebrige Hitze zulässt, eile ich ins Nachtjackenviertel. Ich habe diese Gegend rund um den alten Hafen von Sydney am Circular Quay so getauft, weil es abends in den verwinkelten, übel riechenden Gassen und Lagerhäusern nicht ungefährlich ist. Tagsüber aber findet man in den fragwürdigen second hand Läden wirklich alles.

Mein Freund Brian ist der Meinung, meine hübschen Riemchenschuhe seien für unseren Ausflug in die Blue Mountains völlig ungeeignet. Also suche ich solides Schuhwerk und finde ganz neue robuste, schwarze Schnürstiefel aus Armeebeständen. Ein bißchen groß sind sie ja „Das macht gar nichts", meint der Händler und hat auch gleich ein Paar gestrickte Norwegersocken zur Hand.Bei dieser Hitze mag ich an Wollsocken gar nicht denken.

Zu Hause gehe ich schnell einkaufen, brate Hühnerbeine und koche Eier ab. Ich bin noch nicht so lange in Sydney um zu wissen, dass „Bushwalking" keinen netten Spaziergang mit gemütlichem Picknick unter Akazien bedeutet.

Frühmorgens holt Brian mich ab. Sein monströser Rucksack auf der Rückbank und ein Gewehr erschrecken mich. Indigniert blickt Brian auf meinen Picknick-Korb mit der rot-weiß-karierten Tischdecke obendrauf und die Sporttasche mit Übernachtungssachen.   „Die Hände mussst du zum Festhalten freihaben". Na ja,meine Nachbarin borgt mir ihren kleineren Rucksack und der Inhalt von Korb und Tasche wird umgepackt.

Nachdem wir die Harbour Bridge mit der grandiosen Aussicht und das Gewerbegebiet hinter uns gelassen haben, fahren wir zwei Stunden durch Einöde.

Der Wind wirbelt terrakotta-rote, knochentrockene Erde hoch.

In blühenden Akazien und Mammutbäumen entdecke in bunte Papageien und manchmal springt ein Känguruh hinter Eukalyptusbäumen hervor. Ganz schnell verkneife ich es mir,

Kängeruhs putzig zu finden. Geduldig erklärt Brian mir – dem Greenhorn – dass hier Känguruhs und Wildkaninchen als Landplage angesehen werden.

In der letzten Stunde sind wir stetig bergauf gefahren und erreichen schließlich ein Plateau mit überwältigender Aussicht über den unendlichen, grün-dunkelblau wogenden Wald unter uns; so sieht also der „Busch" von oben aus.

Brian schwebt ein Tal mit Bachlauf vor, wo wir übernachten wollen. Der Abstieg ist beschwerlich. Befestigte Wege gibt es natürlich nicht und oft muß ich mich an Felswänden festklammern Dicht an einen glitschigen Felsen gedrückt, quetschen wir uns hinter einem Wasserfall hindurch. Aber der schweißtreibende Marsch lohnt sich. Ein geschütztes Tal liegt vor uns. Mannshohe Farne, ein plätschernder Bach, blühende Bodendecker; in den hohen Bäumen, deren Namen ich nicht kenne, unterhalten sich exotische Vögel. Wie in England, gibt es auch in Australien in allen Lebenslagen erst mal Tee. Aus den Tiefen seines Rucksacks befördert Brian einen kleinen Spirituskocher und zwei Blechbecher hervor. Ich sitze auf einem Stein am Bach, kühle meine qualmenden Füße und genüsslich essen wir die Hühnerbeine.

Brian's Zelt – ebenfalls aus Armeebeständen – wird aufgebaut und Schlachsäcke zum Lüften in die Büsche gehängt. Zwei Flaschen Wein kommen zur Kühlung in den Bach. Danach mutiert mein Held zum Steinzeitmann. Er schnitzt sich einen Speer und geht fischen, derweil ich für's Feuer zuständig bin. Aus Steinen baue ich ein Rondeel, sammle trockene Äste für's Lagerfeuer und lege schon mal Alukartoffeln in die Glut. Es wird ein wildromantischer Abend bei Vollmond, gegrillten Bachforellen und gekühltem Chardonnay aus Blechbechern. Über uns fliegt eine Formation schwarzer Schwäne.

Sonntag vertrödeln wir den Vormittag mit Lesen und Sonnen. Später packen wir alles zusammen und nachdem der Müll vergraben und das Feuer gelöscht ist, machen wir uns auf den Rückweg. Es gäbe da noch einen anderen Weg, meint Brian, der weniger beschwerlich ist, dafür aber länger dauert. Als wir das Plateau erreichen , ist kein Auto zu sehen. „Nee, wer sollte hier draußen schon einen alten VW klauen, aber leider sind wir auf der falschen Seite des Plateaus angekommen". Er ist stinksauer – wie konnte i h m das passieren, wo er doch schon in Patagonien geklettert ist... Mein Steinzeitmann macht sich fluchend auf den Weg und lässt mich mit den Rucksäcken, dem Gewehr und einer Flasche Wasser in der Wildnis zurück. Inzwischen dämmert es bereits, in den Tropen kommt die Nacht übergangslos. Schnell sammele ich mal wieder Holz und sitze dann verängstigt ganz dicht am Feuer. Der aufgehende Mond ist wolkenverhangen, im Unterholz knackt und grunzt es verdächtig. Krampfhaft um-klammere ich das Gewehr und starre in die Finsternis. Ich habe keine Ahnung, wie man schießt, aber das Gewehr beruhigt.

Nach einer gefühlten Ewigkeit tauchen in der Ferne zwei Scheinwerfer auf. Entgegen jeglicher Vernunft schmeiße ich das Gewehr weg, verlasse das offene Feuer und all unsere Habseligkeiten und kopflos renne ich der nahenden Rettung entgegen. Ich habe nie erfahren, welchem Untier im Unterholz ich da entwischt bin.

Samos mit Familienanschluß

Nach einem Herzinfarkt Mitte der 70er Jahre setzt sich mein väterlicher, holländischer Freund und Chef in der Schweiz zur Ruhe und überträgt die Leitung der Niederlassung in West-Berlin seinem Sohn. Schnell zeigt sich: Mit dem komme ich überhaupt nicht klar! Was tun sprach Zeus? Entgegen aller gut gemeinter Ratschläge werfe ich meinen interessanten, gut bezahlten Job hin und – mit immerhin 29 Jahren – ergreife ich die Möglichkeit des sogn. Zweiten Bildungsweges und werde Studentin der Wirtschaftswissenschaft – eine gewaltige Umstellung!

Die staatliche finanzielle Unterstützung ist knapp bemessen und einen Firmenwagen zur privaten Nutzung habe ich natürlich auch nicht mehr. Statt Reisen, Verhandlungen und Geschäftsessen ist nun die Mensa angesagt. Abends in verräucherten Studentenkneipen lerne ich viele junge Wilde kennen, die später Karriere machen: Otto Schily zum Beispiel wird Innenminister im Kabinett von Gerhard Schröder.

Trotz dieser vielen neuen Eindrücke, Seminare und Klausuren fühle ich mich in West-Berlin eingemauert und freue mich auf die Sommerferien. Ein paar Wochen auf einer griechischen Insel - das wäre toll. Die Möglichkeit dazu rückt näher, als mir Freunde vom Reisebüro Artu erzählen. Dieser kleiner Veranstalter organisiert Reisen abseits vom Massentourismus zu Zielen in Griechenland, die obendrein auch für mich erschwinglich sind. Ich entscheide mich für Samos, der Heimat des Pythagoras.

Etwas abenteuerlich gestaltet sich die Reise schon. Unsere Gruppe wird im Transitbus zum Ost-Berliner Flughafen Schönefeld gebracht und fliegt mit Aeroflot nach Athen. Auf dem Internationalen Airport fragen wir uns durch zum Bus, der uns zum Inlandsflugplatz befördert. Olympic Airways ist bemüht, den Tourismus anzukurbeln und gewährt 50% Rabatt auf Flüge zu den Inseln. Da wir bis zum Abflug Zeit totschlagen müssen, geben wir das Gepäck auf und fahren in die Innenstadt. Die Akropolis wird bestaunt und die Wachen vor dem Regierungsgebäude. Man könnte mit der U-Bahn nach Piraeus fahren, mitten durch antike Ausgrabungen. Wahrscheinlich wird's aber mit der Zeit zu knapp und stattdessen ruhen wir uns in der Plaka aus. Am Nebentisch wird Kaffee aus Kupferkännchen ausgeschenkt. Das wollen wir auch und bestellen „Turkish Mokka". „No Miss, Greek Coffee". Meine erste Lektion, dass sich Türken und Griechen seit Urzeiten spinnefeind sind, habe ich gleich gelernt. Es ist unbeschreiblich heiß und stinkt nach Abgasen. Ich habe das Gefühl, die gesamte Bevölkerung ist auf Achse. Dann wird es aber auch schon Zeit, den richtigen Bus zum Flughafen zu finden.

Am frühen Abend landen wir auf Samos. Wunderbare Luft mit Meeresbrise und Thymianduft empfängt uns. Ein klappriger Bus bringt uns in den antiken Ort Pythagorion an der Südküste der Insel. Alle sind vom strapaziösen Tag groggy und eigentlich wollen wir nur noch duschen und schlafen. Das Fluidum auf dem kleinen Marktplatz ist überwätigend geruhsam. Im Kaffeneon sitzen Männer auf wackeligen, hellblauen Stühlen, die alle Nachfahren von Alexis Sorbas sein könnten. Ein Pope mit bekleckerter Kutte trinkt Ouzo. Es duftet nach Tintenfisch vom Holzkohlengrill und Jasmin von der Pergola vor dem Flachbau der Polizeistation. Lautstarkes Zykadenkonzert vermischt sich mit weit entfernten Bouzukiklängen.

Ein paar Jugendliche laden das Gepäck auf einen Eselskarren und ein uniformierter Gendarm, der sich als Bürgermeister und Tourismuschef vorstellt, hakt die Namen der Angekommenen auf einer Liste ab. Alle trotten sodann dem Eselskarren hinterher zum nahegelegenen kleinen Familienhotel. Nur ich bleibe übrig - bin wohl durchs Raster gefallen. Oh je, was nun ? „Dont worry Miss". Nico, der multifunktionale Bürgermeister holt seine Oma, die – ganz in Schwarz gekleidet – bisher vom Schaukelstuhl vor ihrem Haus aus, das Geschehen beobachtet hat. Lautstark wird diskutiert, der Pope mischt sich ein. Von gegenüber, aus dem Laden mit dem grünen Neonkreuz an der Wand, kommt Alexandros. Er ist der Apotheker und spricht Deutsch. „Ich habe schon mit meiner Frau telefoniert" erzählt er mir. „Unsere Tochter studiert in

Amerika und ihr Zimmer bei uns zu Hause ist frei. Wir würden uns sehr freuen, wenn Sie bei uns wohnen, es ist nicht weit". Alexandros' Frau Xenia steht schon vor der Tür.

„Kalispera" werde ich begrüßt. Innen ist's angenehm kühl. Vorbei an einer illuminierten, himmelblauen Heiligenfigur führt mich das Ehepaar in den ersten Stock ins Zimmer der Tochter. Alles ist pikobello sauber, die Fußböden im ganzen Haus sind mit Ornamentkacheln gefliest.

Nachdem sich mein Problem in Luft aufgelöst hat, bekomme ich Hunger. „Nee, nee, (das heißt ja, ja), der kleine Costas von nebenan bringt Sie zur Taverne unten am Strand". Ich glaube zwar nicht, dass man sich hier verlaufen kann, aber der kleine Costas nimmt mich an die Hand und freut sich, als ich ihm ein paar Drachmen in die Patschhand drücke. Brav sagt er „efaristó".

In der Taverne treffe ich auf einige meiner Mitreisenden. Sie sitzen draußen unter einem weinberankten Dach und wissen Bescheid: „Du musst zum Bestellen in der Küche in die Töpfe schauen, eine Karte gibt es nicht".

Ein kleiner Professor aus Berlin mit Nickelbrille gesellt sich zu uns. Vom archäologischen Museum in Athen hat der den Auftrag, am Heratempel außerhalb des Ortes weiter zu graben. Ein paar Studenten aus Deutschland und Italien helfen ihm. Es ist hoch interessant, was und wie er so erzählt; gerne nehme ich seine Einladung an, mal vorbeizukommen.

Später finde ich etwas weinselig vom Retzina - man trinkt ihn aus kupfernen Henkelbechern – ohne den kleinen Costas nach Hause und plumpse zufrieden ins Bett. Xenia hat eine Flasche Wasser und Samons Trauben auf den Tisch gestellt.

Vom Glöckchengebimmel einer Ziegenherde were ich morgens geweckt. In der Küche finde ich ein Frühstückstablett und einen Zettel, am besten oben auf dem Flachdach unterm Sonnensegel zu frühstücken. Man hat einen weiten Blick über den Ort und den

Fischerhafen mit der vorchristlichen Mole, die Polykrates 200 m weit ins Meer gebaut hat.

Bewaffnet mit Badetasche und zwei schlauen Büchern über Geschichte und Mythologie, schlendere ich durch den Ort. Von überall erklingt ein fröhliches „Kalimera", die meisten scheinen mich und meine Geschichte zu kennen. Der Pope, der mit seinen zwei Kindern beim Grünhöker einkauft meint, er fährt Sonntag ins Bergkloster Agios Nikolaos und ob ich mitkommen und mir eine orthodoxe Hochzeit ansehen möchte.

Am Strand finde ich ein schattiges Plätzchen unter einer Pinie. Lange bleibe ich nicht allein. Eine ältere Dame, auch ganz in Schwarz gekleidet, winkt mich auf ihre Decke – wobei die Griechen „falschrum" winken, also nicht mit der nach oben geöffneten Handfläche. Jedes Jahr kommt sie mit der Familie aus Athen ins Sommerhaus nach Samos. Große und kleine Mitglieder dieser Familie trudeln dann auch peu à peu ein. Die Väter und Onkel sind nur wochenendweise zu Besuch. Und dann kommt ihr Enkelsohn Yannis. Er schleppt zwei Körbe voller Oliven, Tomaten Feta, Köfte, Brot, gefüllte Zucchiniblüten, Gurken und Trauben ran; ich muss alles probieren und bin kurz vorm Platzen. Da er sehr gut Englisch spricht, kommen wir ins Quasseln . Er ist 1. Offizier bei der Handeslmarine und hat drei Monate Urlaub. Na ja, soooo lange kann ich nicht bleiben, aber es wird ein wunderschöner, ereignisreicher, griechischer Urlaub.

Zum Lesen komme ich erst vier Wochen später auf dem Rückflug nach Hause.

Eingeschneit

Weihnachten ist überstanden. Nun freuen wir uns auf ein paar geruhsame Tage in Rabenkirchen, einem winzigen Dorf in der Nähe von Kappeln. Meine Freunde sind gestern vorgefahren. Ich musste heute noch arbeiten und bin jetzt bei frühlingslauem Nieselregen auf der Autobahn unterwegs Richtung Flensburg.

Hoppla, was ist das ? Auf der Nord-Ostsee-Kanalbrücke gerät das Auto ins Schlingern. Schlagartig wird mir heiß, habe feuchte Hände, die Leitplanke kommt beängstigend näher und dann ist der Spuk vorbei - bin wieder in der Spur. Das Radio meldet: „Blitzeis im Norden, Wettergrenze Nord-Ostsee-Kanal".

Ja, das habe ich bemerkt. Aus Niesel ist Schnee geworden. Nach Rendsburg biege ich ab in Richtung Kappeln. Jetzt schneit und stürmt es heftig. Muss aufpassen, vor Kappeln nicht die Abfahrt zu verpassen.

Und dann fahre ich mich in einer Schneewehe fest. Was nun ? Laufen in dem dünnen Trenchcoat und Halbschuhen ist illusorisch. Wie lange kann ich den Motor laufen lassen ? Habe ich eine Decke im Auto ? Hunger meldet sich, auf auf's Klo müsste ich auch mal. Oh nee, oh nee. Das Fenster auf der Beifahrerseite weht rapide zu.

Plötzlich tauchen im Schneesturm zwei Scheinwerfer auf. Bin ich froh, den Nachbarsohn Ole Thomsen auf seinem Trecker zu erkennen. Um 22 Uhr muss er seinen Dienst in der Kaserne Olpenitz antreten. Er zieht mein Auto aus der Schneewehe und schleppt mich ab bis nach Hause. Welche Freude. Es ist gemütlich und kuschelig warm. Voller Vorfreude stellen wir eine Liste der Dinge zusammen, die wir morgen in Kappeln besorgen wollen.

Die Ernüchterung am Morgen ist groß. Der Schnee reicht bis zu den Gaubenfenstern. In den Wipfeln von Marens Obstbäumen sitzen Wildkaninchen und knabbern die Kronen an - so hoch sind die Verwehungen. Und es schneit weiter.

Eigentlich sollte heute der Öltank befüllt werden. Der Tankzug kommt nicht durch zu uns, genauso wenig wie das Molkereifahrzeug, um beim Bauer Thomsen die Milch abzuholen. Wir ziehen alle verfügbaren Pullover übereinander, darüber Friesennerze und schaufeln einen schmalen Weg rüber zu Marens Haus.

Dort werden wir mit Schals und Gummistiefeln ausstaffiert. Wir müssen sie mit Zeitungspapier ausstopfen, weil sie erstens zu groß sind und Maren meint: „Zeitungspapier isoliert und hält eure Füße warm". Sie leiht uns auch zwei Schlitten. „Darauf könnt ihr die Einkäufe packen und die Ölkannen festzurren".

Wir sind alle nicht besonders durchtrainiert. Bis auf Rainer, unseren Sportlehrer. Der hilft uns immer wieder auf die Beine, wenn wir bis zur Hüfte im Schnee einsacken. Ich bin trotz der Kälte verschwitzt und habe nasse Füße – von wegen, Zeitungspapier isoliert....

In Kappeln erleben wir den nächsten Tiefschlag: Aldi ist wie leer gefegt. Unsere schöne Liste können wir vergessen und teilen uns auf. Jeder soll besorgen, was überhaupt noch zu ergattern ist. In einer Stunde ist Treffpunkt auf der Tankstelle, wo wir die Ölkannen befüllt haben und die Schlitten zurückließen. Der Heimweg ist einfacher, weil der Sturm im Rücken so gewaltig ist, dass er die Schlitten vor uns hertreibt und wir fast rennen müssen.

Erschöpft und zufrieden, wieder zu Hause zu sein, finden wir ein Suppenhuhn, Eier und einen Eimer Kartoffeln, den uns Bauer Thomsen vor die Tür gestellt hat. Dann sichten wir das Sammelsurium unserer Einkäufe: Zwei Großpackungen Toilettenpapier, Tütensuppen, drei Toastbrote, Dauerwurst, ein Glas Sauerkischen, Rama, Spaghetti, einen Räucheraal, sechs Kottlets, Gouda und - nobel, nobel - je eine Flasche Remy Martin und Irischen Whisky. Die hat Hannes spendiert. Er ist der Meinung, zum Überleben sind diese edlen Tropfen von Nöten. Als einziger ist er über unser Eingeschneitsein restlos glücklich. Er ist als Geologe in Maiduburi/ Kenia tätig und hat gerade Heimaturlaub. „Ich leide dort zwar nicht an Heimweh, aber einen richtigen Winter mit Schnee habe ich mir gewünscht".

Dann bricht irgendwo eine Überlandleitung, der Strom fällt aus. Kerzen haben wir genug, das Radio läuft auf Batterie und in der Küche steht ein Gasherd. Soweit so gut. Aber Wasser zum Duschen, Kochen und für die Klospülung gibt's nicht mehr. Die Brunnenpumpe funktioniert nur mit Strom. Also waschen wir uns mit Schneewasser. Im Bad stehen zwei Eimer mit Schnee zum Schmelzen, damit die Toilette gespült werden kann.

Die zehn Thomsen Kühe müssen per Hand gemolken werden. An der Auffahrt hat man Kuhlen gegraben und die Milch in blauen Säcken reingestellt. Eigentlich ist die Situation ganz urig. Wir haben ein Dach überm Kopf, es ist warm und es gibt zu essen. Trotzdem kriselt es. Man kann nicht andauernd Karten spielen oder zu Regines Gitarrenklängen Shanties singen. Sehr nervig empfinde ich, die von unserem Lehrer als „psychologisch wertvoll" ausgedachten Sketche nachspielen zu müssen.

Ständig sind wir bemüht, den schmalen Gang zu Marens Haus freizuhalten. Nun steht sie vor der Tür. „Das Telefon funktioniert gerade, kommt schnell rüber". Ich rufe meine Firma an, um den

Notstand zu erklären. „Ich halte hier Stallwache" sagt mein Chef. Er wohnt in Lütjensee bei Hamburg und schläft auf dem Sofa im Konferenzraum, weil die Straßen nach Hause unpassierbar sind. „Die Fehltage ziehe ich Ihnen vom Urlaub ab" meint er. Sein dröhnendes Lachen endet abrupt, als die Leitung wieder zusammenbricht.

Und dann hören wir dröhnenden Motorenlärm. Ein Ungetüm, ein gigantisches, gelbes Raupenfahrzeug nähert sich im Schneckentempo. Es hinterlässt einen Korridor mit zwei Meter hohen Schneewänden; die langersehnte Schneefräse rückt an. Ich greife die Cognacflasche. Hemdsärmelig, in Puschen, stürzen wir hinaus. Zu Hannes Entsetzen erklimme ich die Stufen hoch ins Fahrerhaus und biete unserem Retter die Flasche zur Begrüßung an. An ein Glas habe ich in der Eile nicht gedacht. Er ist erfreut und nimmt einen kräftigen Schluck aus der Pulle. In seiner Kabine riecht es, als sei das heute nicht seine erste Stärkung.

„War das denn nötig? Der gute Cognac muss mit Verstand genossen werden" meint Hannes. „So schrecklich ist es doch gar nicht, eingeschneit zu sein. Übrigens, kann ich nächstes Jahr wieder mitkommen"?

Reise nach Jerusalem

Voller Behagen sitze ich achtern auf einem Regiestuhl und genieße die sonnigen 20 Grad. Es ist Ende Januar; ich genieße um so mehr bei der Vorstellung, dass es zu Hause kalt und unfreundlich ist.

Vor zwei Tagen hat unser Frachter, die Cap Vilano, den Atlantik verlassen und ist durch die Straße von Gibraltar ins Mittelmeer eingebogen. Irgendwann morgen früh sollen wir den größten Hafen Israels - Ashod - erreichen.

Klingelingeling - aus einer geruhsamen Nachtruhe wird nichts. Gesichtskontrolle, die Einwanderungsbehörde ist schon an Bord . „Come to the office, please". Ich springe in irgendeine Hose, verschlafen renne ich ins Office. Eine junge Frau und ein Mann in Zivil scannen unsere Fingerabdrücke, kopieren die Pässe, fotografieren uns - danach geht die Fragenkanonade los: „Warum sind Sie in Israel, haben Sie hier Kontakte, wo wollen Sie hin (doch nicht etwa nach Palästina ?), was haben Sie beruflich getan, wer bezahlt die Reise". Zu guter Letzt wird unser Kapitän gefragt, ob sich die zwei geschätzten Passagiere an Bord ordentlich verhalten.

Gerade habe ich mich in meiner Koje wieder eingekuschelt; erneutes Klingelingeling. „Haben Sie ein Passbild wegen des Landgang Passes?" Ja.

Nachdem wir alle versammelt sind, wird noch kurz der geplante Ausflug besprochen. Wir zwei Passagiere und einige Crew-mitglieder wollen das Heilige Land erkunden. Käpt'n hat einen Minibus organisiert, nach dem Frühstück geht's los.

Weit kommen wir zunächst nicht. Am Gate, wo das Hafengelände endet, heißt es: „Alle aussteigen - Kontrolle". Erneutes Scannen der Fingerabdrücke, Fotokopieren der Pässe, Taschenkontrolle. Nun können wir Richtung Bethlehem fahren. An einem Kibbuz vorbei und entlang weiter Orangenhaine, Weinreben und plastik-überdachten Gewächshausanlagen. Die Frage an unseren Fahrer, ob er mal im Kibbuz gearbeitet hätte, verneint er. „Nee, da bekommt man ja kein Gehalt". Und ich dachte, jeder Israeli sei ein patriotischer Idealist.

Weiter geht's. Ich habe den Eindruck, jeder Quadratmeter steinigen Landes wird urbar gemacht.

In der Nähe riesiger Satellitenschüsseln - die sind gen Palästina ausgerichtet - wechseln wir den Bus. Bethlehem liegt auf palästinensischem Boden und ein Israeli darf da nicht hin.

Die Geburtskirche erweckt in mir überhaupt kein ehrfürchtiges Gefühl. Durch ein dämmerig verräuchertes, hohes Kirchenschiff drängeln Touristen jeglicher Couleur zum engen Kellergewölbe, wo sich angeblich vor mehr als 2000 Jahren der berühmte Stall befand. Mönche in schmuddeligen Kutten verkaufen Devotionalien, vielsprachige Reiseführer versuchen lautstark, ihre Gruppen beieinander zu halten. Ich bin froh, nach dem Schubsen und der schlechten Luft wieder draußen zu sein. Am vereinbarten Treffpunkt packt Cookie - unser Schiffskoch - für jeden mitgebrachte Sandwiches aus. Der Bus kommt, aber nach kurzer Zeit ist Endstation für das Palästinenserfahrzeug.

Die Mauer in Berlin war vergleichsweise niedrig. Demonstrativ hat man auf Israels Seite Wohnblöcke auf die Mauerkrone gesetzt. In einer grell erleuchteten Wellblechhalle schlängeln wir durch einen Parcours von Bodychecks, Befragungen, Beobachtung durch Blindspiegel usw. Der israelische Fahrer erwartet uns auf der anderen Seite und kurz danach sind wir in Jerusalem. Von einem Plateau aus hat man einen phantastischen Blick auf die gesamte

Stadt mit goldener Kuppel des Felsendoms und auf alle heiligen Stätten. Da die Altstadt nicht befahren werden darf, traben wir inmitten von Touristentrauben aus vielen Ländern und besichtigen das Grab von König David und Kapernaum - der Ort des letzten Abendmals - und gelangen an die Klagemauer. Auch hier ein unbeschreibliches Gewusel. Tapfer kämpfe ich mich rechts - das ist die Seite für Frauen - durch Betende nach vorne und stecke mein ganz persönliches Wunschzettelchen in eine Mauerritze.

Mal wieder treppauf folgen wir der Via Dolorosa durch den dunklen, geschäftigen Basar zur Grabeskirche. Dieses Bauwerk teilen sich alle christlichen Konfessionen. Nicht weit vom Eingang knien viele Betende vor der Holzabdeckung der Gruft.

Ich kann mir so gar nicht vorstellen, wie Jesus an diesem Ort einen Felsen weggerollt hat und gen Himmel gefahren ist. In vielen Teilen der Kirche werden die unterschiedlichsten Gottesdienste abgehalten. Durch das Gewusel der Menschen und den Lärm kommen auch hier bei mir keine demütigen Gedanken auf; dessen ungeachtet ist mir bewusst, auf welch historischem Boden ich mich befinde.

Auf dem Rückweg durch den Basar entdecke ich einen wunderschönen Kaftan. Meine 150,- Euro sind futsch, nachdem ich alle zum koscheren Mittagessen in ein schummerige Garküche eingeladen hatte. Käptn grinst sich einen: „Frauen und Shopping" und hilft mir mit Geld aus.

Gegen 21 h plumpse ich kreuzlahm in meine Koje. Bald legen wir ab, um Alexandria anzulaufen.

PS: Viel später, zu Hause, hat sich der Wunsch auf meinem Zettelchen, das ich in eine Ritze in der Klagemauer gesteckt hatte, wirklich erfüllt !

Große Ereignisse werfen ihre Schatten voraus

Es ist Freitag vor Pfingsten und nach nervigen Staus auf der A 1 sind wir endlich in Marxdorf angekommen. Kater August wurde während der stickigen Fahrt seekrank, drängelt als erster aus dem vollbeladenen Auto und ward die nächsten Stunden nicht mehr gesehen. Für Brigittes Katze Paula sind Umgebung, Geräusche und Gerüche Neuland. Sie flitzt sofort ins Haus und verkriecht sich unter einem der neugesetzten Kachelöfen - die sind mein ganzer Stolz und stammen aus einem Abrisshaus im Lübecker Gängeviertel. Brigitte, Marion und ich atmen erst mal tief durch. Die meisten Wochenenden des vergangenen Jahres haben wir geschuftet und die alte Kate umgebaut und wohnlich gemacht:

Wände weggeschlagen, Deckenbalken abgebeizt, Plumpsklo abgerissen, Zaun gezogen, Bad eingebaut und uns dabei einige Blessuren zugezogen. Man hat den Gebrauch von Werkzeugen gelernt, die ich vorher nicht einmal dem Namen nach kannte - oder wissen Sie wofür Kuhfuß, Lehmann oder Zwinge gut sind? Der Mief von 120 Jahren ist entfleucht - morgen wird gefeiert!

Jedes Jahr am Pfingstsamstag überfällt das 80 Seelendorf der Rausch des Feuerwehrballes. Bauer Behrens von gegenüber räumt die Remise leer und Kameraden der Feuerwehr verlegen eine Tanzfläche, schleppen Tische und Bänke heran, bauen einen Tresen und bespannen die hohen Wände mit Tarnnetzen, die von der Marineschule in Neustadt ausgeliehen sind. Dann werden in den Netzen bergeweise Maiengrün befestigt. Für die Tombola ist Otti Mantau seit Wochen bei Neustädter Geschäften schnorren gegangen. Es gibt zwei Eimer Wandfarbe und Mettwurst und Taschenlampen, Spielzeug, drei Sparschweine von der Volksbank, zwei Pfund Kaffee von Tschibo und andere praktische Überraschungen.

Gerade als alles verstaut ist, Betten bezogen und wir uns am Abendbrottisch einfinden, kommen Helga und Vera mit Kater Ninho aus Berlin an. Natürlich gabs auf ihrer Fahrt auch Staus. Ninho hat alles gut überstanden. Helga hatte ihn als Baby aus einer

Mülltonne in Marbella gerettet und im Handgepäck nach Berlin geschmuggelt; er ist also hart im Nehmen.

Am nächsten Abend erscheinen wir fünf - geballte, angehübschte Frauenpower - auf dem Fest. Es ist rappelvoll. Die Kameraden der Feuerwehr sehen schmuck aus in ihren dunklen Uniformen. Die Damen im Sonntagsstaat, frisch onduliert. Nur die jüngeren Besucher unterscheiden sich outfitmäßig nicht von Teenies in der Stadt. Wir steuern den einzigen nicht vollbesetzten Tisch an. Sofort wird klar, warum hier noch Platz ist - hier sitzen Städter. Mike, Typ Bud Spencer mit eisgrauer Mecki Frisur, seine Frau Ilo im schicken Blazer und Hans. Wie sich beim Bekannt-machen herausstellt, leitet Hans das Stellwerk im Hamburger Hauptbahnhof. Genau wie wir fliehen die drei an den Wochenenden aufs Land und haben im Nachbardorf Groß Schlamin für zehn Jahre den stillgelegten Bahnhof angemietet. Kaum haben wir den ersten Begrüßungsschnaps intus, kämpft sich Ernst August durch zu uns - wie gesagt, es ist rappelvoll.

Er ist nicht nur Landwirt sondern auch Bürgermeister der Gemeinde . Von ihm habe ich die ehemalige Melkerkate gekauft und es liegt also nahe, mit mir zu tanzen.

Aber Max Schieber lässt uns noch nicht auf die Tanzfläche. Er hat einen Leinenbeutel umhängen, schreitet in geraden Linien die Fläche ab und wirft schwarze Körnchen aus dem Beutel auf den Boden; es sieht aus, als würde er säen. „Was macht er denn da ?" frage ich. „Damit die Leute auf den knochentrockenen Planken nicht ausrutschen, wirft er Raps aus."

Die Dreimann-Kapelle gibt lautstark ihr Bestes mit „Schnee-walzer", „Kuffsteinlied", „Waterloo" und ähnlichen Krachern.

Als wir kurz Luft holen, tippt mir jemand von hinten auf die Schulter: „Darf ich Sie an die Sektbar entführen ?" Vor mir steht der Wehrführer. Sektbar ? Habe ich noch gar nicht entdeckt. In der hinteren Ecke hat man Omas ausrangierten Teppich an die Decke genagelt, dahinter verbirgt sich die Sektbar. Eigentlich mag ich keinen Sekt, mir wird immer so heiß davon. Aber heiß ist mir sowieso schon, also sei's drum.

Dann ein Tusch: Der neue Schützenkönig wird proklamiert. Der Vorjahressieger legt ihm die Königskette um und dann wird er drei Mal in die Luft geworfen. Hurra.

Bei der folgenden Polonäse Blankenese gelingt es mir, mich zu verdrücken. Unser Tisch hat Zuwachs erhalten. Brigitte hat Jürgen, einen Schweinezüchter - ledig ! - , beim Tanzen kennengelernt und mitgebracht. Marion diskutiert mit dem Sohn von Otti Mantau die Vorzüge von Stangenbohnen im Vergleich zu Buschbohnen. Ich bin bass erstaunt. Woher weiß sie das als Mieterin einer Etagenwohnung ohne Balkon in Hamburg ? Helga als Vergolder-meisterin spricht mit einem Angestellten der Basilika zu Altenkrempe über die Restauration eines Engels. Die Band spielt was das Zeug hält und am Tisch jagt eine Lage die nächste.

Junge , Junge, ich glaube, wir sollten jetzt mal nach Hause gehen. Die drei Hamburger schließen sich an und Jürgen - Schweine-züchter, ledig ! - weicht nicht von Brigittes Seite.

Plötzlich haben alle Hunger. Eigentlich waren die Pellkartoffeln morgen für Kartoffelsalat gedacht. Aber nun gibt es eben nahts um halb eins Bratkartoffeln mit Spiegeleiern. Als der Buden-zauber irgendwann vorbei ist und ich im Bett liege und gerade ins Traumland hinüberdrifte, schaut Marion noch ins Zimmer:

„Wir sind morgen zum Frühstück am Bahnhof eingeladen; war doch'n schöner Feuerball, näch ?

Das normale Chaos einer Busreise

Wie konnte ich nur so blauäugig sein, im Hochsommer eine Busreise zur Oper nach Verona zu buchen ? Ich triefe vor Hitze und Selbstmitleid, da reißt mich Kaffeeduft aus der Lethargie. Drei offenbar buserprobte Damen haben kurzerhand die Kaffeemaschine angeworfen. „Wir gehen daddy Longleg zur Hand" erzählen sie und meinen damit den Busfahrer, Herrn Langbehn.

In Erding übernachten wir. Im Biergarten kommt man sich schnell näher. Neben mir sitzt Frau Tamm mit Sohn; er ist Bestattungsunternehmer auf Fehmarn und offensichtlich schwul. Ein Heinz Lampe kommt aus Heiligenhafen. Diese Kulturreise ist ein Versuch, seine Verflossene zurückzuerobern, die auch mitreist. Sie ist totschick angezogen. Am nächsten Tag stolziert sie mit schwarzen Lackpömps, Plisseerock und Blazer tapfer über das Kopfsteinpflaster durch das heiße Verona.

Mit am Tisch sitzt auch eine klapperdürre Frau - über und über mit Schmuck behängt. Schon während der Fahrt hatte sie ihren Kreislauf mit etlichen Pikkolöööchen gestärkt. Neben ihr ein blonder Sonnyboy - ihr Sohn, wie ich annehme. Aber nein, die beiden sind verheiratet. Sie kämen aus Barmbek, lispelt sie.

Heinz Lampe will punkten: „Ja, ja Minna von Barmbek, das kenne ich, bei der Laienaufführung hat da Herr Schulz vom Schreibwarengeschäft mitgespielt".

Am besten verstehe ich mich auf Anhieb mit zwei Damen von Fehmarn, deren Männer meist neun Monate im Jahr als Kapitäne auf Frachtschiffen unterwegs sind. Offensichtlich kommen die beiden ganz gut alleine zurecht.

Die Abfahrt am nächsten Morgen verzögert sich. Der Hotelportier sucht nach dem Herrn aus Zimmer 9; der hat vergessen, das ausgeliehene Video mit einem Film für Erwachsene, zu bezahlen. Es zeigt sich, dass es sich bei Nr. 9 um den alleinreisenden, verknöcherten Studienrat handelt. Dann erreicht die Dürre aus Barmbek schwankend und zitternd am Arm ihres Mannes den

Bus. Mutter Tamm versorgt sie kommentarlos mit Baldrian und reibt ihre Schläfen mit Rescue Tropfen ein.

Ermattet und zerknittert erreichen wir am späten Nachmittag Montegrotto und unser Traumhotel inmitten von Pinien, Zypressen und Zironenbäumen. Schnell ist die nervige Busreise vergessen, als wir im Pool planschen. Selbst der verknöcherte Studienrat, der sonst nur seinen Polyglott wälzt, paddelt wie ein junger Hund.

Als ich nach dem Erfrischungsbad in die Bademanteltasche greife, vermisse ich meine Uhr. Nun ja, man ist in Italien und meine goldene Armbanduhr ist wohlweislich zu Hause geblieben. Nichts kann den Genuss des köstlichen, unverfälschten Abendessen auf der Terrasse schmälern. Ich überhöre auch einfach den barschen Ruf eines Ehemanns aus Drääsden nach „Salzgardoffeln".

Während mehrerer Pausen der Opernaufführung ist es üblich, in der Arena zu picknicken. Also beraten wir, wer welche Antipasti, Parma Schinken, Oliven und Brot einkauft, damit wir Verdis Aida so richtig genießen können.

Heinz Lampe brilliert wieder mit seinen Kenntnissen: „... und am Schluss steht die Japanerin mit ihrem Baby allein auf der Bühne, weil - der Amerikaner ist abgereist. Aus Verzweiflung ersticht sie ihr Baby und dann sich selbst".

Oh ja, diese Aida-Vorstellung wird sicher wunderbar und übermorgen erleben wir auch noch Carmen !

Trip nach Bresewitz

Mike hat im Fernsehen einen Bericht über ehemalige Bahnhöfe in McPomm gesehen. Man muss wissen, dass er und seine Frau Ilosalopp gesagt - Bahnhofsfreaks sind. 10 Jahre lang hatten sie als Freizeitobjekt den Bahnhof in Groß Schlamin gemietet.

Also stopfen wir an einem schönen Herbsttag Mikes Auto bis zur maximalen Belastung voll. Fast ähnelt es dem Auszug der Kinder Israels aus Ägypten. Vor allem was die Verpflegung betrifft - als würde es in McPomm keine Läden geben. Zu Kühltaschen, Picknickkorb, Thermoskannen, Campingliegen und Fotoausrüstung bringe ich noch drei Mollies unter – das sind Wolldecken. Natürlich hat jeder von uns auch noch ein Köfferchen mit persönlichen Sachen. Die A 20 Richtung Rostock meiden wir und fahren lieber über die Dörfer. Schon vor Wismar zwingt uns der Hunger zur Rast. Einen zweiten Stopp legen wir in Rerik ein. Bei sonnigem Wetter sitzen wir an der Steilküste und genießen die Fernsicht. Ich kenne Rerik von früher aus DDR-Zeiten. Damals war es ein verschlafenes Nest an der Ostsee. Gute Bürger durften dort hübsche Datschen besitzen. Gute Bürger bedeutete verlässliche Bürger, die nicht über die Ostsee türmen wollten. Heute hat sich der Ort zum Seebad mit Yachthafen gemausert.

Spaziergänger sehen verstohlen neugierig zu, wie wir unsere mitgeschleppten Schätze auf der Bank ausbreiten. Ein Mann mit Dackel sagt, es gäbe nur 300 Meter weiter hübsche Lokale. Genau da wollen wir nicht hin. Er versteht das nicht so recht. Er ist stolz, dass die früheren HO Gaststätten mit Bockwurst und Soljanka der Vergangenheit angehören und man jetzt ohne anstehen zu müssen, zwischen Fischrestaurant oder Italiener wählen kann.

Auf Alleen unter Dächern alter Linden fahren wir weiter ostwärts durch Orte mit wunderschönen Bauerngärten.

In Riebnitz-Dammgarten soll es ein Bernsteinzimmer geben. Wir finden es nicht auf Anhieb - suchen aber auch nicht großartig, denn wir wollen nun endlich in Bresewitz ankommen. Jäh schrecke ich hoch aus meinem Dösen. Mike schreit:

„Bahnhof in Sicht". Der erste Eindruck ist ernüchternd und ändert sich auch beim Begehen der Anlage nicht. Einige ausrangierte Waggons Marke Vorkriegsmodell stehen auf überwucherten Gleisen. Einer wurde zum Festsaal umgebaut, drei mit Etagenbetten ausgerüstet und einer scheint so etwas wie eine Keramikwerkstatt zu sein. Ein Plakat kündigt Workshops an:

Indianisch Trommeln und Pantomimen aus Prag sowie Panflöten-Abend mit Übernachtungsmöglichkeit im nostalgischen Zug, mit Frühstück im historischen Bahnhof. Die Termine sind längst passé. Das historische Gebäude ist verrammelt. Über dem Ganzen weht ein Wind des Verfalls. Was nun ? Es ist 18 Uhr - bald wird es dunkel.

Kurz entschlossen fahren wir weiter nach Zingst. Auf einer schmalen Van Gogh Brücke überqueren wir den Bodden und es wird romantisch. Wir sind begeistert, als wir in den kleinen Fischerhafen von Zingst einfahren. Für weitere Erkundigungen ist jetzt keine Zeit, wir brauchen ein Quartier. Am Deich stehen schmucke Häuser aber uns zieht es in den kleinen Hafen vor den Fluttoren. Fischkutter liegen dort und Zeesenboote und im tieferen Wasser zwei Ausflugsdampfer, die jeden Morgen nach Hiddensee fahren. Neben einem Restaurant ist da ein älteres Kapitänshaus und siehe da - wir haben Glück. Frau Rabe schließt uns den Anbau auf. Er ist bestens ausgestattet, von der Essecke blickt man auf die Boote. Eine Hühnerleiter führt zum Giebel. Man hat da zwar keine Stehhöhe, kann aber vom Bett durch eine Luke auf die Boote schauen. Mike und Ilo richten sich unten ein und ich beziehe mein Bett in der Butze. Beim Schlagen und Klimpern der Leinen an den Masten schlafe ich ein. Allerdings habe icheinen Gast im Bett. Kater Willy ist durch die Luke auf mein Nachtlager gesprungen.

Frühstück gibt's auf der kleinen Terrasse. Mike überrascht uns mit frischen Brötchen und vielen Extras. Beim Einkaufen ist er meistens nicht zu bremsen. Bei Scherzen auch nicht. Vor dem Kapitänshaus steht nämlich ein Schild „Kartenvorverkauf für Tagesfahrten nach Hiddensee". Die vorbei kommenden Leute denken, wir gehören dazu. Mike mimt also den Kapitän.

„Klar Kumpel, ich reservier dir einen Fensterplatz, nein es wird bestimmt nicht schaukeln; na Meister, willste mal ne Meerjungfrau sehen"? Ilo und ich würden am liebsten im Erdboden versinken und stürzen uns aufs Abräumen.

Auf gemieteten Fahrrädern strampeln wir später durch Kiefernwälder zum Nationalpark. Kilometerlager weißer, breiter Sandstrand. Strandhafer wogt in den Dünen, niemand weit und breit. Eine Brandung, wie ich sie nur von der Nordsee her kenne. In der Ferne steht der Leuchtturm von Prerow. Ilo und Mike gehören zu den aktiven Menschen und wollen nun sofort nach Prerow. Ich bleibe lieber gemütlich im Liegestuhl zu Hause. Als die Beiden groggy zurückkommen, dunkelt es schon. Es ging gegen Ilo'sPfadfinderehre, mit dem Pferdefuhrwerk zu fahren. Statt dessen sind sie hin und zurück durch Dünensand gestapft.

Am nächsten Tag stellen wir fest, dass wir uns zufällig mitten in der Kranich Saison befinden. Also besteigen wir abends einen Kutter und fahren Richtung alter Eisenbahnbrücke, mitten hinein ins Abendrot. Dann rauschen schon Hunderte von Kranichen heran. Tagsüber fressen sie sich Reserven an, bevor sie nach ein paar Wochen zum Überwintern nach Nordafrika ziehen. In der Abenddämmerung kehren die Kraniche zurück zu ihren Schlafplätzen auf der Kir – einer kleinen Insel im Bodden.

Heute ist es nebelig. Erstaunlicherweise müssen unsere Vorräte schon ergänzt werden. Wir verbinden das mit einem Ausflug nach Wustrow. Na, hier sind die Vikinger los – es findet eine Zeesenbootregatta statt. Das sind flache Boote mit duneklbraunen Segeln, ähnlich der Schlickrutscher im Ijsselmeer. Es wirkt gespenstisch, wenn dunkle Segel lautlos im Nebel auftauchen. Ein doch sehr weltlicher Duft nach Räucheraal und Spanferkel liegt in der Luft. Ilo und ich stellen uns in der Schlange für Vikingerbier an und schicken Mike los, Spießbraten zu besorgen. Irgendwie kriegt er es immer hin, größere Portionen als andere zu erwischen. Wir balancieren Krug und Pappteller und bewundern die immer zahlreicheren Schiffe. Die meisten sind Oldtimer, sehr akribisch restauriert. Die Besatzungen müssten sich gar nicht verkleiden, sie sehen auch so wie nordische Seebären aus.

Auf der Rückfahrt schauen wir uns die Schifferkirche in Prerow an. Nette kleine Feldsteinkirche unter Kiefern, umgeben von einem Friedhof mit verwitterten Grabsteinen. Innen sind die Wände vertäfelt und hellblau gestrichen. Mehrere Schiffsmodelle hängen von den Deckenbalken. Wieder draußen, springt jemand hinter den Grabsteinen hervor. „Haben die jungen Damen heute noch was vor"'? Mike läd uns zum Kaffee nach Ahrenshop ein. So um 1920 entstand hier eine Künstlerkolonie. In den Anfängen der Emanzipationsbewegung wurden hier auch Damen der Berliner Society in den Zirkeln aufgenommen. Sie hießen damals Malziegen. Heute findet man viele Ateliers und Galerien. An der Steilküste oder in den Feldern trifft man auf Maler, die hingebungsvoll an ihren Bildern pinseln. Schön sind auch die geschnitzten, bunt bemalten Haustüren. Man sagt, dass früher Kapitäne auf ihren langen Reisen die Türen aus Wrackteilen angefertigt haben.

Wir besuchen noch Wiek mit der alten Mühle und halten in Born, um beim Förster Wild für zu Hause einzukaufen.

Dann fahren wir gemütlich entlang der Küste von Zingst über denDarss und Fischland. In Markgrafenheide setzen wir mit der Autofähre über nach Warnemünde.

Das war also unsere Fahrt nach Bresewitz, die ganz anders verlief als geplant.

Ich war noch niemals in New York

An einem nasskalten Tag Ende Oktober mache ich mir Gedanken, dass die Aussicht auf Weihnachtstrubel und Wintermatsch nicht so prickelnd ist. Tatsächlich finde ich einen Frachter der Reederei NSB, Buxtehude; die Route klingt vielversprechend: von Bremerhaven nach New York und weiter in warme, sonnige Gefilde. Die Zeit bis zur Abresie vergeht schnell mit Besorgen von Informationen über die Länder bzw. Städte, die angelaufen werden sollen und die Beschaffung des Esta-Visums für die USA gestaltet sich komplizierter als gedacht. Es funktioniert nicht über das Konsulat in Hamburg sondern wird nur von der Botschaft in Berlin erteilt.

Beim Einschiffen am 21. Dezember treffe ich als erstes auf den wichtigsten Mann an Bord, den Smutje, sowie Matrosen und Decksleute, alles Fillipinos. Das ist heute auch auf deutschen Schiffen völlig normal.

„Wie et sich uff'n Sonnahmt jehört, jibs mittags Eintopp mit Bockwurscht". Die Begrüssung durch einen Berliner Kapitän habe ich nicht erwartet. Dann betritt ein rollendes Fass von Kerl die Messe: „Moin, Moin – wie kamma nur so dösig sein und'n Atlantik im Winter überqueren wollen, echte Landratten." Das ist der „Chief", also 1. Ingenieur, Herrscher über das Herzstück des Schiffs; er kommt aus Schneverdingen. Wir werden sechs Passagiere sein. Ein älteres Ehepaar aus Stade, sie ist eine spindelspindeldürre Latina, Michi und Antje aus Zürich; beide haben Flugangst und wollen Freunde in New York besuchen; ich, und in Felixstowe wird ein alleinreisender Engländer erwartet.

Noch während des Essens erscheint der Lotse. Pünktlich legen wir ab. Vorbei an riesigen Pkw-Halden schippern wir weserabwärts.

Alle für den Export vorgesehen Autos werden von Bremerhaven aus verschifft. Kurz vor Einmündung der Weser in die Nordsee verlässt uns der Lotse über die schwankende Jacobsleiter und springt in das längsseits schaukelnde Lotsenboot.

Die Fahrt durch den Ärmelkanal ist stürmisch und die Sicht so dick wie der Eintopf am Mittag. Vor Felixstowe müssen wir die Nacht über auf Reede ankern, da der Liegeplatz noch besetzt ist. Na ja, denke ich, dann gehe ich eben früh in die Heia.

Nee, draus wird nichts. Klingelingeling, der 2. Ingenieur ruft an, er ist aus Röbel an der Müritz. „Ich habe von zu Hause selbst geräucherte Gänsebrust und Wildschweinschinken mitgebracht und wollte Sie zum Bier in der Lounge einladen". Das ist aber nett. Käpt'n, Chief, der 2. Ing., der Seekadett mit türkischen Wurzeln und die Schweizer sind schon da. Das Ehepaar aus Stade ist nicht dabei. Sie leben abstinent, haben sie ausrichten lassen.

Es wird ein netter Abend in kleiner Runde. Käpt'n erzählt von den Anfängen seiner Karriere, als er auf der „Völkerfreundschaft", dem Flaggschiff der DDR, gefahren ist.

Am nächsten Tag haben wir um 10 h in Felixstowe festgemacht. Die Schweizer beschliessen, sich an Land einen echt schottischen Whisky zu genehmigen. Ich kenne das verschlafene Nest von früheren Fahrten und bleibe lieber zu Hause.

Am Mittagstisch begrüssen wir dann David aus Liverpool, den letzten Passagier der Runde. Er musste eine Nacht im Hotel verbringen; in breitem Liverpooler Slang mokiert er sich „there is no puuup here", was bedeutet, es gab keine Kneipe. Er ist überall herumgekommen, aber meistens unter Deck. Als Maschinist hat er kaum etwas von der Welt gesehen, was er im Rentenalter nun nachholen will. Heiligabend wird recht stimmungsvoll. Cookie hat sich viel Mühe gemacht, ist aber unzufrieden mit dem Geschmack des Käpt'n.

Neben Lachskanapees, gefülltem Spanferkel, Paella, Salat und Karamellpudding musste er einen Kessel mit Bockwurst und eine Schüssel Kartoffelsalat auf's Buffet stellen.

Als ich, bewaffnet mit zwei Flaschen Rotwein, meine „Weihnachtsgabe" - im Aufzug hinunter in die Messe fahre, steigt der Käpt'n zu. Er hat sich in eine schwarze Galauniform mit Tressen und

Joldknöpfen geworfen. Die Pracht wird nur etwas durch seine blauen Turnschuhe gebremst. Das Licht in der Messe ist gedimmt, am echten Weihnachtsbaum brennen echte Kerzen und in Hintergrund erklingen deutsche Weihnachtslieder vom CD-Player.

Nach dem Essen gehen wir alle rüber in die Crew Messe. Auch hier wird gefeiert. „Ick muss een paar Worte saajen" und nach Käptn's kurzen Ansprache wendet die Crew sich ihrer Lieblings-beschäftigung, dem Karaoke, zu.

Am nächsten Tag scheint zum ersten Mal die Sonne, was ehertrügerisch ist. Die See rollt wie wild. Mittags reisst sich der Weihnachtsbaum aus der Verankerung. Ich segele mitsamt Stuhl quer durch die Messe. Geschirr, Saft und alles, was so auf Tischen und Anrichte steht, geht zu Bruch. Cookie verbrüht sich, obwohl die Töpfe mittels Quer- und Längsstreben gesichert sind. Wir laufen nur noch mit 7 Knoten. Einige gestandene Männer sind seekrank. Das Barometer fällt weiter. Wir haben jetzt Windstärke 11.Von draussen peitscht die Gischt bis hoch zur Brücke. Naturge-walten spielen mit den 53.000 to Stahl unseres Schiffs wie mit einer Feder. Der Fahrstuhl darf nicht mehr benutzt weren. Ohne grössere Blessuren erreiche ich meine Kabine. In dem 1,40 m breiten Brett kann ich mich aber nicht verkeilen und versuche es auf der Couch. Neptun scheint uns auf dem Kieker zu haben. Wir donnern von einem Tief ins nächste. Laut Fahrplan sollten wir heute Abend in New York festmachen. Dafür müssten wir aber mindestens 20 Knoten laufen. Zum einen verhindert das der Sturm und zum anderen nähern wir uns einer Walschutzzone, wo höchstens 10 Knoten erlaubt sind.

Mit Verspätung nähern wir uns New York. Einwanderungspolizei und andere Behörden haben Neujahr frei, so dass wir auf Reede ankern, um der Reederei Liegegebühren zu ersparen. Das hat aber auch sein Gutes. Da nur 2 Mann auf der Brücke Wache halten müssen – sie werden alle 4 Stunden abgelöst - können an der Silvesterparty alle teilnehmen. Ein fantastisches Essen mit viel Seafood in allen Varianten macht den Auftakt, wobei Käptn auch seine geliebte Bockwurscht bekommt.

Der Messboy hat die Lounge mit Papierschlangen, Lichterketten und Lampions geschmückt. Döntjes, Seemannsgarn und Katastrophenerlebnisse machen die Runde. Die altbekannte Rivalität zwischen Brücke und Maschinenraum flackert auf. „Wenn der weiter so angibt, drücke ich mal auf ein Knöpfchen und nichts geht mehr",flüstert der Chief mir ins Ohr. Um Mitternacht versammeln sich alle auf der Brücke und das neue Jahr wird mit Sekt und kräftigem Tuten begrüsst.

Ein strahlender 2. Januar macht uns die Stürme der letzten Tage vergessen. Um 9 Uhr wird der Lotse erwartet. Vorbei an Coney Island, sehen wir steuerbord Manhatten und scharf links „Lady Liberty". Voraus erkennt man eine Krananlage. Käptn erklärt, dass genau von dort der Anschlag auf die Trade Center Türme mit starkem Tele gefilmt wurde. Normalerweise ist das kein begehrter Standort für ein Filmteam, was zu denken gibt. Offenbar waren Leute vom Ereignis „Nine Eleven" vorab informiert, sonst hätten die Aufnahmen nicht gedreht und gesendet werden können...

Nachdem die üblichen Befragungen, Formulare ausfüllen, Pass- und Visakontrollen überstanden sind, warten wir auf den Shuttle-bus der Seemannsmission. Den Fahrer können wir bequatschen, uns für 120,- $ bis Höhe Times Square zu fahren. Offiziell darf er das nicht, aber im Land der unbegrenzten Möglichkeiten ist das für ihn schnell verdientes Geld. Über Brücken und High Ways rast er mit uns zur 42nd Strasse, Ecke 9th Avenue, wo wir uns von dem Schweizer Paar verabschieden. Mit dem Fahrer vereinbaren wir noch, wo er uns am Abend wieder abholen soll, dann geht die Entdeckungsreise los. Das Ehepaar aus Stade, der kleine Eng-länder David, der Chief und ich marschieren zunächst die 42ste Strasse aufwärts. Es ist lausig kalt, vom Hudson bläst ein eisiger Wind herüber. Da kommt es sehr gelegen, als ein Tiketverkäufer uns zu einer mehrstündigen Busrundfahrt einfängt. Bei diesen Touren kann man an markanten Plätzen aussteigen und die Fahrt mit einem nächsten Bus fortsetzen. Der aus dem Fernsehen be-kannte riesige Weihnachtsbaum am Times Square wird bewun-dert. Wir kommen zum Broadway mit den vielen, von aussen etwas ramponiert wirkenden Theatern, dem Central Park, durch Soho mit Chinatown und Greenich Village. Das Empire State-building, Rockefeller Center, das Astor Hotel, das 58stöckige Trump Tower Gebäude und viele bekannte andere Sehenswürdigkeiten liegen auf der Strecke. Vieles habe ich mir anders vorgestellt. Die 6-spurigen Avenues sind belebt, der Betrieb wirkt aber nicht quirlig. Auch sieht man kaum gut gekleidete Menschen. Wall Street, das Börsen- und Finanzzentrum, ist eine schmale Strasse. Wenn ich an den 300 m hohen Eiffelturm in Paris denke kommt mir die Freiheitsstatue mit 93 m fast unbedeutend vor. Auffallend ist der weisse Dampf, der aus Rohren an den Häuserfronten senkrecht hochsteigt. Das sind Heizungsabgase. Könnte die mondfahrende Nation das nicht eleganter lösen ? Im Hard Rock Café wärmen wir uns auf und sind später ganz froh, wieder in den Bus der Seemannsmission klettern zu können.

Auf der Rückreise in zwei Wochen werden wir wieder New Yoranlaufen. Dann will ich unbedingt ins MoMa und Guggenheim Museum und die Vereinten Nationen von innen sehen.

Unser Kurs heisst ab morgen südwärts: Miami in Florida, Charleston in South Carolina und die Stad Colon am Eingang zum Panama Kanal.

Kurzes Überwintern auf Malta

Ich will dem Winter entfliehen aber keine sechs Wochen im Ghetto verbringen, d.h. kein Clubleben mit Animation inmitten von Deutschen in Tunesien, auf Zypern, in der Türkei oder in Ägypten. Diesbezüglich ist das Angebot für Überwinterer riesig.

Irgendwie komme ich auf Malta und entdecke erst nach der Festbuchung den Slogan „Welcome to no smoking Malta". Für mich als Nochraucherin kann das schwierig werden.

Am 17.12. verpasse ich fast den Flieger. Natürlich fahre ich rechtzeitig in Marxdorf los. Mitten im morgendlichen Berufsverkehr in Hamburg geht mein Auto an einer Ampel aus und springt nicht mehr an. Sofort beginnt ein Hupkonzert. Netterweise helfen mir zwei Fußgänger, das Auto auf den Bürgersteig zu schieben.

Viel Zeit zum Überlegen bleibt nicht. Ein Taxi bringt mich zu Hedi nach Langenhorn. Sie wohnt in einer ruhigen Nebenstraße, nicht weit vom Flughafen. Dort wollte ich das Auto parken. Nun stelle ich erst einmal meine wunderschönen neuen, roten Koffer vor ihre Tür, fahre mit dem Taxi zurück und verständige den ADAC. Die Pannenhilfe soll in einer Stunde kommen und was dann passiert ist auch ungewiss. Verzweifelt versuche ich nochmals zu starten und - oh Wunder – der Motor springt an. Aus Angst, wieder stehen zu bleiben, fahre ich bis vor die Tür bei Hedi und gebe dem ADAC erst danach Entwarnung. Es bleibt gerade noch Zeit für einen schnellen Kaffee, dann bringt mich ein anderes Taxi zum Flughafen. Die Pechsträhne setzt sich fort. Air Malta hat Computerprobleme. Die Schlange vor dem Terminal wird immer länger. Auf beiden Seiten des Counters schwitzt man. Nach einer Stunde Stehen plagt mich der Rücken und zum Klo müsste ich auch ganz dringend.

Verwirrt wie ich bin, steuere ich später den imposant luxuriösen Duty Free Shop an. Eine Stange Zigaretten kostet zwar nur 28,- € Ich darf aber nichts kaufen, da ich innerhalb der EU reise - natürlich !

Im vollbesetzten Airbus höre ich zum ersten Mal Maltekisch. Es kommt mir vor wie ein Gemisch aus Italienisch und Arabisch; hört sich gut an. Die Amtssprache auf Malta ist Englisch und das beherrscht jeder dort.

Nach drei Stunden taucht unter uns Malta auf. Die Insel erscheint mir wesentlich größer als erwartet und ist eng bebaut. Weinberge oder Grünanlagen kann ich nicht entdecken. Der Transfer klappt bestens. Bereitstehende Minibusse verteilen die Passagiere in den gebuchten Hotels. Ich bin allerdings die einzige, die im 4 Sterne Hotel „The Windsor" in Sliema aussteigt. Nomen ist nicht immer Omen. Trotzdem hat das schmalbrüstige Haus eine Empfangshalle mit Rezeption und Sitzgruppen. Gott sei Dank gibt es einen Fahrstuhl – immerhin verteilen sich die Zimmer auf sieben Etagen.

Ich aste mit dem schweren Gepäck durch dämmrige, verwinkelte Korridore und finde mich in einem partygeeigneten Saal wieder. Große Rundcouch, Schreibtisch, Badezimmer mit Wanne und drei Doppelbetten.

Nach dem Auspacken würde ich mir nach diesem ereignisreichen Tag gerne in der Bar im Souterrain einen Drink spendieren. „Sorry, the keeper has got the flue and the bar remains closed". Na, dann nicht.

Ein Extrafahrstuhl bringt mich ins Restaurant „Corner", das auch von der Straße aus für die Öffentlichkeit erreichbar ist. EigentlicH wollte ich nur mit Frühstück buchen, bin jetzt aber heilfroh, dass man mir im Reisebüro zu Halbpension geraten hat. Das waren mit 60,- € Mehrkosten für sechs Woche vergleichsweise Peanuts. Hier vor Ort hätte ich pro Essen 15,- € gezahlt. Für mich als studierten Betriebswirt bleibt eine derartige Kalkulation ein Geheimnis.

Es gibt nichts auszusetzen am reichhaltigen Salat- und Antipasti Buffet, Suppe, Pasta, Fisch- und Fleischgerichten, Beilagen,diverse bombastische Torten und Obst. Es sind so an die acht Tische besetzt. Ehepaare aus England, die Damen angehübscht. Irgendwie passe ich wohl nicht ins Schema. Eine ältere Inderin im Sari und

Mann aus Cambridge fragen, wo ich herkomme. Sie scheinen nett zu sein, fahren aber morgen ab.

Nach einem guten, englischen Frühstück mit Schilderungen einerMiss Marple nicht unähnlichen Lady über ihre Hüft OP, mache ich mich auf den Weg ins Diplomat Hotel zum angekündigten Begrüßungsmeeting der Reiseagentur.

Außer einem Gunther Sachs Verschnitt und Kerstin Fricke vom Veranstalter ist da weiter niemand. Für Sonntag buche ich bei ihr einen Ganztagstrip über die Insel zum Kennenlernen; danach will ich auf eigene Faust los. Frau Fricke erzählt, dass „Pepi's Bar" abends der schönste Platz und soooo toll weihnachtlich ge- schmückt sei.

Dann marschiere ich die sehr imposante Avenue an der Küste entlang. Eine Kneipe, Bistro, Bar, Restaurant, Apartmenthäuser reiht sich an das nächste. In einer winkligen Nebenstraße finde ich einen Supermarkt und kaufe mir für mittags eine Pie. Ein Stück weiter stoße ich auf einen Waschsalon. Für sechs Wochen Aufenthalt reicht die mitgebrachte Wäsche einfach nicht aus. Für 10,- € könne ich morgens bis zu 5 kg abgeben und abends wieder abholen.

Nach drei Stunden bin ich wieder beim Windsor mit runden Füßen und verschwitzt. Das Laufen durch sehr hügelige Gassen auf unebenem Kopfsteinpflaster bin ich nicht gewohnt.

Bewaffnet mit Pie, Obst und Buch halte ich am Pool auf der Dachterrasse Siesta. Alle Gäste scheinen auf Achse zu sein, jeden- falls bin ich allein auf dem Dach, umgeben von einem Antennen wald. Am Nachmittag fahre ich für 47 Cents mit dem Bus zum Fährhafen von Sliema. Man kann hier überetzen nach Valetta (die gewaltige Ritterburg ist in Sichtweite) oder nach Sizilien fahren oder per Schiff die Insel umrunden. Also, das mache ich demnächst bestimmt.

Zurück zu latsche ich wieder bergauf und bergab (da darf ich den Abend bestimmt mit Torte krönen) und bin erschlagen von der

Vielzahl an Juwelieren, Boutiquen und Shops; wie können die nur alle existieren. Beim Dinner werde ich allerdings auch erschlagen. Ein sizilianisches Ehepaar mittleren Alters hat sich für zwei Nächte einquartiert. Er wirbelt herum, findet jeden soooo sympático, macht Fotos. Neben meinem Tisch ist das Kuchenbuffet aufgebaut und ich muss die Tiraden mit anhören, die er auf Miss Marple loslässt.

Sie versteht kein Italienisch. Trotzdem redet er ohne Punkt und Komma gestikulierend auf sie ein, fragt nach ihrer Adresse und weil sie sooo nett ist, lädt er sie ein nach Sicilia. Er posaunt heraus, dass er Tedesci nicht leiden kann, dafür Engländer um so mehr. Mich reitet der Teufel und in wohl nicht ganz lupenreinem Italienisch überrasche ich ihn, eine solche Tedesca zu sein. Sofort eilt ihm seine Frau zur Hilfe. Nun werde auch ich nach Sizilien eingeladen. Man führe ein offenes Haus mit viel cultura und musica und internationalen Gästen. Er sei Zahnarzt und sie arbeite im Krankenhaus, beide Söhne studieren in Heidelberg - wer's glaubt wird selig !

Inzwischen ist meine Lammkeule kalt geworden. Nein, impossibile, dass ich 64 sei – non é vero. Mal wieder fragt er nach der Adresssse. Ich vertröste ihn auf's Frühstück. Italiener sind ja bekanntermaßen laut und impulsiv. Aber irgendwie läuten bei mir die Alarmglocken. Ich habe das Gefühl, die zwei sind auf Fischzug. Wenn man die Adresse von alleinstehenden älteren Damen hat, die noch eine Weile auf Malta weilen, können Komplizen zu Hause die Wohnung leer räumen. Mein Bauchgefühl hat immer noch Recht behalten. Jedenfalls verdrücke ich mich nach der Schokoladentorte (ein kleines Stückchen !).

Zum Frühstück geht der Italienische Kelch an mir vorbei; immerhin hatte ich abends noch erzählt, dass mein Zuhause während meiner Abwesenheit nicht unbewohnt sei.

Nun bin ich zurück von einer dreistündigen Schifffahrt und total durchgefroren. Da es an Land so sonnig warm war, hatte ich keine Jacke dabei. War trotzdem beeindruckend zu sehen, was die Ritter baulich auf den Felsen errichtet haben, Die Häfen Sliema, Valetta und drei andere Orte sind durch Creeks, riesige Buchten, verbunden. Vom Meer aus hat man einen imposanten Eindruck.

Alles ist intakt und in Funktion. In der Marina von Sliema liegen Superyachten, einige deutsche Flaggen sind dabei. Vittoriosa und zwei weitere ehemalige Fischerorte erinnern etwas an Venedig. mit Marcusplatz und Campanile und Booten, die man hier Luzzu nennt. Nach Vittoriosa will ich auf jeden Fall noch einmal von der Landseite aus. Das Dinner mit Antipasti, Minestrone, sehr schmackhaftem Bonito in Kapernsauce verläuft besinnlich, als die Italiener hereinplatzen – deutlich gebremster als gestern. Nein, essen wolle man nicht. „Faciamo amicci con gente de Malta", die sie in ihr Haus und zum Essen eingeladen hätten.

Am nächsten Vormittag finden die Italiener mich auf der Dachterrasse. Miss Marple und ich schließen uns ihnen an, um zur früheren Hauptstadt Mdina im Inneren zu fahren. Man kann hier sehr preiswert mit öffentlichen Bussen auf Erkundigungen gehen. Die Fahrt kostet 1,15 € und dauert über eine Stunde. Zum ersten Mal sehe ich ein beruhigendes GRÜN. In Sliema, Valetta und während der langen Schiffstour hatte ich den Eindruck einer Sandsteinwüste. Dieses günstige Baumaterial wird hier von altersher in mehreren Steinbrüchen gefördert. Heutzutage sägt man ytonsteingroße Quader heraus, die am Bau mit Steinmehl verfugt werden. Sämtliche Paläste, Prachtbauten, Kirchen genau wie Wohnhäuser, alles in tristem Beige - man vermisst mediterrane farbenfrohe Häuser und vor allem blühende Pflanzen und Bäume.

Auf der Fahrt nach Mdina entdecke ich vor einem Reihenhaus einen Weihnachtsmann, der einen blühenden Bougainvillestrauch erklimmt …. der einzige Farbklecks weit und breit. Kurz vor Mdina liegt Craft Village. Craft steht allgemein für Handwerk; u.a. soll es hier eine Glasbläserei geben. Eigentlich wollte ich hier die Fahrt unterbrechen. Wegen Samstagnachmittag ist aber alles geschlossen, also fahren wir durch bis Mdina.

Man nennt die ehemalige Hauptstadt „the silent city". Mdina ist einer der ganz wenigen Orte, die bereits vor den Kreuzrittern erbaut wurden. Stille Stadt, weil sie von den Rittern nicht genutzt wurde, als sie aus Rhodos vertrieben wurden, (Jahre zuvor hatten sie Jerusalem befreit). Aus Gründen der besseren Verteidigungsmöglichkeit bauten sie ihre eigene Hauptstadt Valetta am Meer auf. Einer ihrer Großmeister allerdings errichtete zu seinen Ehren ein gewaltiges Barocktor und innerhalb der Festungswälle eine Kathedrale. Man taucht ein in eine vollkommen erhaltene Stadt mit Kloster, das noch in Kraft ist, und in verwinkelte Gassen.

Hier sollen 400 Menschen wohnen, wovon man gar nichts spürt, es ist still und alles wie geleckt sauber. Die paar Cafés fallen nicht weiter auf. Aber die wunderschönen, gut genährten Katzen. Sie liegen majestätisch vor den versteckten, exklusiven Läden, wo es u.a. auch die mundgeblasenen Dinge aus dem nahegelegenen Craft Village zu kaufen geben soll.

Im Gewirr der Straßen verliere ich die anderen Drei. Na ja, es ist sowieso empfindlich kühl in diesen schattigen Gemäuern; so fahre ich zurück nach Sliema.

Für heute, Sonntag, habe ich einen Ganztagsausflug gebucht. Ich muss einen Moment an der Uferpromenade auf den Minibus warten. Am Horizont auf See ziehen einige Frachter gen Westen (Gibraltar ?), wie gerne würde ich da jetzt mitfahren.

Wir fahren quer durch das hektische Valetta, besichtigen prähistorische Ausgrabungen (älter als die Pyramiden) und haben Gelegenheit, mit Bötchen in die Blaue Grotte zu fahren. Weiter geht es zu den Dinghi Klippen und Mittagessen im Busquetta Park.

Später folgt eine sehr fundierte Führung durch Mdina.

Es gibt einige terrassenförmig angelegte kleine Felder. Aber keine Kühe, Vegetation, Dörfer oder malerische Ecken. Die Insel ist überall felsig, nicht nur an der Küste. In größeren Abständen stehen Hotelklötze ohne Strand, entweder abseits jedweder Umgebung oder inmitten von verkehrsreichen Orten.

Die Tour führt kreuz und quer über die Insel. Ich hatte so im stillen gehofft, irgendwo auf einen mehr mediterran anmutenden Ort / Hotel zu stoßen und hätte dann alles in Bewegung gesetzt, umzuziehen. Leider sieht es überall ähnlich aus, so dass ich genauso gut in Sliema bleiben kann.

Heute bin ich an der Uferpromenade bis St. Julian gelaufen. Der Ort gruppiert sich rund um einen tiefen Buchteinschnitt mit lustigen Booten und unzähligen Cafés. Die Wellen rollen gegen den Kai. Eigentlich hübsch, wenn nicht quer über die Bucht ein Vodafon Spruchband aufgehängt und das ganze von einem riesigen MacDonald's Laden dominiert würde.

Zurück zu wage ich mich durch das Labyrinth der Nebenstraßen und verlaufe mich prompt. Natürlich bin ich mit einer Karte bewaffnet, die aber nicht weiterhilft. Es gibt sooo viele Straßen kreuz und quer, die hätten auf dem Plan keinen Platz; und die wenigen ausgedruckten Straßennamen kann man sowieso nur mit der Lupe entziffern.

Wie in einigen Wohngegenden englischer Städte gleicht ein Reihenhaus dem anderen. Die Häuser sind zwei-geschossig mit einer vorgebauten Holzveranda im ersten Stock. Sie reichen fast bis an die Fahrbahn. Dadurch hat auf den schmalen Bürgersteigen immer nur eine Person Platz.

Alles ist pikobello sauber. Straßenreinigung erfolgt täglich, Müllabfuhr alle zwei Tage. Beides und Abwasserentsorgung kostet den Bürger keinen Cent.

Malta ist nur ein Drittel größer als Fehmarn und hat 400 Kirchen. Die katholische Kirche ist allgegenwärtig, nicht nur mit pompösen Bauwerken. Auch an Privathäusern kleben kleine Heiligenschreine und selbst ein Supermarkt in meinem Viertel heißt Sta.Maria.Scheidungen sind nicht vorgesehen, Schulkinder werden bis zur Mittelschule getrennt unterrichtet, aber - Sterben ist umsonst. In allen Gemeinden werden die Leute von freiwilligen Helfern auf öffentlichen Friedhöfen kostenlos beigesetzt.

Nach einigem Umherirren habe ich mir eine Verschnaufpause auf der sonnigen Dachterrasse verdient. Die anderen Hotelgäste scheinen unterwegs zu sein und ich dackele am Nachmittag auch wieder los, dieses Mal zum Hafen von Sliema. Für morgen, 23.12. besorge ich mir ein Ticket zur Schwesterninsel Gozo.

Der Tag war wirklich schön. Das Transportsystem funktioniert prima. Ein Zubringerbus nimmt überall Gäste auf, die auf der Liste stehen, und bringt uns zum Fähranleger am nord-west-lichsten Zipfel der Insel. Die Überfahrt dauert knapp 30 Minuten. Auf der Gozo Seite verteilen sich die Leute wieder auf Minibusse.

Die erste Station ist ein katakombenähnlich angelegtes Museum, „The Heritage" = Kulturerbe. Angefangen von der Steinzeit mit Gäa, durchläuft man im Halbdunkel die Zeit der Phönizier, Römer Araber, Türken bis zur Landung der Kreuzritter. 1798 kommt Napoleon und zwei Jahre später die Briten, die dann bis 1979geblieben sind.

Es geht weiter zum Blauen Fenster (Felsformation). Diverse Kirchen dürfen natürlich auch nicht fehlen und Ausgrabungen. Gozo ist wesentlich grüner, hat mehr Vegetation und ist ebenfalls sehr bergig. Auch hier gibt es keine Dörfer. Ich frage mal wieder nach Kühen. Ja, einige gibt es. Da aber praktisch kein Grasland vorhanden ist, stehen die ganzjährig in Ställen, die mehrere Kommunen gemeinsam betreiben.

Die Hauptstadt Vittoria in der Mitte der Insel wird beherrscht von einer gewaltigen Barockkirche oben auf der Zitadelle.

Nach dem Mittagessen geht es kreuz und quer weiter. Der Ort Xleni am Meer erinnert sogar ein bisschen an Portofino.

Zu den anderen Mitreisenden hat man schnell Kontakt. Überwiegend Pommies aber auch ein junger, stiller Chinese, ein schwarzes Ehepaar, ein Deutscher mit Frau aus der Ukraine und eine Portugiesin.

Abends auf der Fähre mache ich die Erfahrung, dass die abenteuerlichst aussehenden Männer rührend besorgte Väter sind.

Ein kleiner Hosenmatz fällt mir vor die Füsse. Ich helfe ihm auf; da steht auch schon ein Riese vor mir: Geölte schwarze Locken, stramme Lederhose, silberne Cowboystiefel. Überschäumend bedankt er sich. Das Lächeln strahlt mit seinem Goldzahn um die Wette.

Ein anderer, der auf St. Pauli vom Aussehen her Zuhälter sein könnte, stolziert mit einem Kleinkind unterm Arm durch die Lounge. Am Kiosk verliert das Kind einen Schuh und ich bringe ihn dem Vater. Sogleich geht bei diesem Kerl die Sonne auf. Ich soll seine Familie kennen lernen, Kaffee trinken. Aber da legen wir schon an und man verabschiedet sich lautstark.

Heute am 24.12. versuche ich noch einmal mein Glück und fahre mit dem Bus nach Craft Village. So dolle ist es dort aber nicht. Man hat so an die 50 Nissenhütten aufs freie Feld gestellt. Hinten befinden sich Werkstätten und vorne wird verkauft. Es gibt Töpfer Schreiner, Goldschmiede und eine Glasbläserei. Wegen der Winterzeit ist mindestens die Hälfe geschlossen. Geöffnet dagegen haben zwei Superpaläste, vor denen einige Touristenbusse stehen. Hier gibt es Uhrenimitate aus Hongkong, illuminierte Gebilde aus Glas, Bernsteinschmuck (garantiert nicht an heimischen Küsten gefunden), Keramikamphoren - bunt bemalt - und ähnliche Monstrositäten aus Fernost. Wer mag so etwas kaufen und wie kriegt man das bei dem begrenzten Freigepäck nach Hause ?

Abends im Hotel ist inzwischen eine Ladung Engländer eingetroffen. Zum bombastischen Weihnachtsdinner erscheinen sie mit Pappkrönchen und Nikolausmützen. Die älteren Ladies tappern vorsichtig auf high heels zu ihren Tischen, wo sie bis zum Kaffee kleben bleiben. Essenholen von meheren vollbeladenen Buffets besorgen jeweils Tom, Charles oder Henry, wobei Tom, Charles unf Henry sich lautstark quer durch den Saal nach den Wünschen ihrer Gattinnen erkundigen.

Beim Frühstück am nächsten Morgen erzählt mir Miss Marple genüsslich, wer alles später in der Bar vom Hocker gepurzelt ist.

„You know,Barbara, they were just filled up with Gin".

Heute am ersten Feiertag sind die Geschäfte geschlossen. Von 12 bis 15 Uhr bleiben auch Busse und Fähren außer Betrieb. Auf der Promenade sind viele Spaziergänger unterwegs. Man erkennt, wer Touri ist und wer hier wohnt. Letztere haben Wintermäntel an. 18 Grad werden hier als sehr kühl empfunden.

Der kilometerlangen Avenue vorgelagert sind flache Felsen. Man erkennt die großen Naturbecken, die im Laufe der Jahrhunderte ausgewaschen wurden. Dort wird im Sommer gebadet.

Am nächsten Tag fahre ich gleich nach dem Frühstück nach Valetta. Von Sliema ist es ja zum Greifen nah, aber die Bucht liegt dazwischen. Der Bus mäandert sich entlang der Künste und quält sich durch Straßen und Gassen. Valetta liegt auf einem Hochplateau. Es ist überwältigend: Großmeisterpalast, Kathedrale,Museen, Ministerien, Hospital (von den Johannitern erbaut; für mittelalterliche Verhältnisse äußerst fortschrittlich: Jeder Patient hatte ein eigenes Bett), alles gewaltige Gebäude aus beigem Kalksandstein. Im Zentrum unzählige Juweliere, Souvenirläden, Shops, Bistros, Galerien, Autolawinen und Menschmassen, die meisten davon Malteser.

Tapfer kämpfe ich mich bergauf und bergab. Manche Straßen sind so steil, dass die Bürgersteige aus Stufen bestehen. Hoch oben am Fort mit grandioser Sicht, muss ich auf einer Bank verschnaufen. Der Grand Harbour wird aus fünf großen, weitläufigen Buchten (Creeks) gebildet, wie fünf Finger einer Hand. Zunächst besiedelten die Ritter drei dieser Buchten und bauten gegenüber Valetta auf. Die Orte dieser drei Buchten nennt man heute „the three cities", die ich morgen auf einer geführten Tour besichtigen will.

Natürlich kann man an einem Tag nicht die gesamte Geschichte verinnerlichen. Nach Stunden wanke ich langsam bergab zum Fähranleger und setze über nach Sliema.

Oh je, in der Nacht blitzt und donnert es. Zum Frühstück gießtes in Strömen. Auf dem kurzen Weg zum Hotel Diplomat, wo ich abgeholt werde, quietschen die Schuhe vor Nässe, die Hotelhalle steht knöcheltief unter Wasser. Der Minibus kommt trotzdem pünktlich - ich bin der einzige Fahrgast und will schon kapitulieren. Nein, wir werden auf der Valetta Seite auf einen zweiten Bus treffen und dort auch den Guide.

Hier, vom Ausblickturm des höchsten Platzes von Slenga, geht es durch ein Gassengewirr treppab. Unten nimmt uns der Bus wieder auf. Die Anlage rund um den alten Hafen Vittoriosa ist tatsächlich sehenswert. Mehreren historischen Filmen diente dieser Ort als Kulisse.

Die Johanniter wohnten getrennt nach „Zungen'" in verschiedenen Bezirken. Es gibt das French-, English-, u.a. auch das German Quarter (Deutschritter). Wir pilgern mal wieder bergauf und bergab.Vor einem Ursulininnen Kloster erfahren wir, dass es hier bereits damals eine Babyklappe gab. Die ach so edlen Ritter, die vor Aufnahme in den Orden vier Generationen Adelszugehörigkeit nachweisen mussten, waren eben auch Menschen.

Inzwischen scheint die Sonne. Man hat uns in (motorisierte) Gondeln verfrachtet. Wir werden in die Buchten hineingefahren. Hier überwintern Luxusyachten. Selbst ein Schiff von Herrn Abramowitch ist hier vertäut. Liegegebühren sind auf Malta günstiger als z.B. an der Riviera oder in Monaco (hätte nie gedacht, dass ein Herr Abramowitch rechnen muss). In einer der Buchten befinden sich Werften und das angeblich größte Trockendock im Mittelmeerraum, gebaut von Rotchina.

In der fünften Bucht steht ein Kraftwerk. Es wird mit Öl aus Libyen betrieben, das nur 500 km entfernt ist. Man musste sich mit Gadhafi gutstellen, sonst gehen auf Malta die Lichter aus. Es wird erzählt, dass immer, wenn er wegen Terrorismusverdacht international gesucht wurde, er auf Malta abgetaucht ist.

Ich muss mir die Erwartung abgewöhnen, ein sonntäglicher Fisch- und Flohmarkt hätte automatisch ein malerisch mediterranes Flair. Nach dem Frühstück habe ich mich in das vielgepriesene Marsaxlokk aufgemacht. An der kilometerlangen Uferstraße reihen sich eine windschiefe Kneipe an die andere. Einige Fischer bieten ihren frischen Fang an. An den meisten anderen Ständen werden gestickte Tischdecken aus Fernost angeboten, fürchterliche Schuhe, Plastikblumen, Synthetik-Pullover und fragwürdige Süßigkeiten sind zu haben. Über dem ganzen plärrt ein Lautsprecher „Holy Night" (wir schreiben den 28.12.).

Die andere Seite der Bucht ist mit Containern, Öltanks und Industrieanlagen besiedelt. Nee, hier bleibe ich nicht zum Mittagessen. In einem Tante Emma Laden besorge ich mir Brot, Schinken, Käse und Rotwein und zelebriere einen Picknick auf der Dachterrasse des Windsors.

Ein Engländer gesellt sich dazu. Seine Frau ist vor fünf Jahren gestorben, Tochter wohnt in L.A., so hat er eine Erlebnisreise für Singles gebucht. Wie mir denn Malta gefällt, will er wissen. Nun, sehr karg, sehr zer- und besiedelt, sehr sauber, voller Kultur, aber zum Überwintern, wie ich es vorhatte, nicht geeignet. Wenn man nicht gewillt ist, tief in die geschichtlichen Verwicklungen der Kreuzritter einzudringen oder eine Sprachenschule besucht, hat man nach spätestens zwei Wochen wirklich jeden Stein abgehakt und sämtliche Punkte per geführten oder eigenen Touren gesehen. Malta reduziert sich für mich einzig und allein auf Valetta.

Ansonsten gibt es einfach nichts Gemütliches, das zum Verweilen einladen würde.

Heute um 11°° Uhr hatte ich ein Treffen mit Kerstin Fricke. Schon am 22.12., also vor s i e b e n Tagen, hatte ich sie auf dem Handy erreicht und gebeten, mich auf einen früheren Flieger zu buchen. Zwei Tage später erscheint sie mit einem Umbuchungsformular, kassiert 80,- Euro Gebühr und nimmt mein Rückflugticket wegen des Umbuchens mit. Heute erzählt sie mir, dass alles bis zum 07.01. ausgebucht sei.

Das glaube ich ihr absolut nicht, werde aktiv und hänge mich ans Telefon. Bei Ankunft hatte ich eine Liste mit Telefonnummern erhalten, u.a. vom Büro des Veranstalters und einer Ticket-Hotline.

Bei letzterer läuft ein Band „out of order". Bei der Büronummer läuft ebenfalls ein Band „your call cannot be attended" . Das kann mich nicht aufhalten. Ich rufe Air Malta an. Ja, am 31.12. könnte ich fliegen. Ich also per Bus los zum Flughafen, für 180,- Euro ein Ticket gekauft und gleich von dort aus Frau Fricke verständigt, dass ich übermorgen fliege !

Erstmal Schweigen am anderen Ende der Leitung, gefolgt von vielen Ausreden. Ihr Gewissen rührt sich immerhin dahingehend, dass ich abends eine Mitteilung vorfinde, am 31.12. um 6.20 Uhr vom Zubringerbus abgeholt zu werden.

Heute am 30.12. stürmt es gewaltig. Eine Busfahrt entlang der Küste nach Bughiba könnte reizvoll sein. Auf die vorgelagerten flachen Felsen donnern gewaltige Wogen. Salziger Nebel legt sich auf Brille und Haare. Wir kommen an den beiden einzigen Sandstränden der Insel vorbei. Leider hat man hier so eine Art Vergnügungspark hingestellt. Bughiba ist ein Sommerferienort. Unzählige Hotels, reihenweise Appartmenthäuser, Pubs, chinesische und griechische Gaststätten.

Man wähnt sich in einem mittelmäßigen englischen Badeort am Meer (aber Lichtjahre vom malerischen Cornwall entfernt), wenn nicht dieser allgegenwärtige tosende Verkehr wäre. Auf Malta leben 400.000 Einwohner. Man hat das Gefühl, die Hälfte davon ist ständig mit Auto oder Bus unterwegs.

Am 31.12. sitze ich ab 6.10 Uhr in der Hotelhalle. Um es vorweg zu nehmen, der Bus ist nicht gekommen. So nach 20 Minuten Verspätung werde ich unruhig. Der Scherzkeks von Nachtportier witzelt „Germans worry all the time", ich solle mich entspannen. Nach 40 Minuten sieht aber auch er ein, ich brauche ein Taxi. Die Zeit wird knapp, das Taxi steckt irgendwo fest und Mr. Sunshinefährt mich für ein fürstliches Honorar persönlich mit qualmenden Reifen zum Airport.

In Hamburg habe ich für einen kurzen Plausch bei Hedi Zeit, bis der ADAC mir per Überbrückungskabel Starthilfe gibt. DieRückfahrt bis Marxdorf ist eine andauernde Angstpartie - derMotor könnte ja, wie auf der Hinfahrt - wieder einen Aussetzer haben.

70

Na, morgen geht das Auto in die Werkstatt und dann lege ich das Kapitel Malta ad acta.

Eigentlich bin ich urlaubsreif....

Turbulenter Geburtstag auf Kos

„Sie müssen endlich mal wenigsten einen Teil Ihres Resturlaubs nehmen, sonst verfällt er". Diese Warnung meines Chefs ist Anlass, zusammen mit Marion Ende September in die Sonne zu fliegen. Wir haben uns Kos ausgesucht. Als Vielflieger weist mein Konto Bonusmeilen auf, so dass unser Flug nach Berlin gratis ist.

In Berlin können wir bei Helga schlafen, die Nacht durchquasseln und am nächsten Tag von Schönefeld aus mit Aeroflot nach Athen fliegen, was sich recht abenteuerlich gestaltet. Die Turbulev ist nicht das neueste Modell. Alles klappert, die Sitze klemmen und ich schaue lieber nicht auf die Tragfläche, wo sich langsam Schrauben lockern und die grüne Positionsleuchte ausgefallen ist.

Zwei stramme Stewardessen servieren Soljanka, Brot und Butter. Aber es gibt Chrombestecke und ich gebe Marion den Wink, die Bestecke dezent verschwinden zu lassen. „Dann haben wir gleich Messer und Gabel, wenn wir mal am Strand Picknick machen".

Peinlich nur, dass nach dem Einsammeln der Tabletts eine Stewardess zielsicher auf uns zusteuert und die Bestecke zurückverlangt. Und da der Vorhang zur Pantry zerrissen ist, können wir danach beobachten, wie sie sich direkt aus einer Literflasche einen ausgiebigen Schluck Cola genehmigt.

Bis zum Weiterflug nach Kos bleiben uns 2 Stunden Zeit. Wir vertreten uns die Beine und entdecken abseits vom Rollfeld eine Interflug-Maschine, aus der tatsächlich Erich Honecker steigt und auf dem roten Teppich von einer sehr kleinen Delegation empfangen wird. Keine Militärkapelle, keine Presse, keine Blumenkinder, überhaupt keine Sicherheitsmaßnahmen.

Am frühen Abend landen wir auf Kos und beschliessen, hier in der Hauptstadt zu übernachten und uns in Ruhe nach einem passenden Ort mit schönem Strand zu erkundigen. Vom Flugplatz gelangen wir per Taxi direkt in ein zentrales Hotelchen, dessen Besitzerin die Schwester vom Fahrer ist.

Heute habe ich Geburtstag – das soll nicht so sang- und klanglos übergangen werden. In einer kleinen Gasse der Altstadt entdecken wir eine verräucherte Taverne, die als einziges Gericht frischen Hummer auf der Schiefertafel anpreist. Auf harten, wackeligen, hellblauen Stühlen sitzen wir am ebenfalls wackeligen Holztisch und schwelgen. Keine Touristen weit und breit. Das ist doch malein gelungener Auftakt.

Am Nebentisch sitzen drei urig aussehende Männer und zerknacken ihre Hummer ganz ohne Zange oder sonstigen Hilfsmitteln. Von denen erfahren wir, dass in Kefalos auf der anderen Seite der Insel bisher keine Hotelklötze gebaut wurden und dieser Ort vom Rummel verschont ist. Offiziell kommt man da ohne Auto nicht hin. Aber es gibt nachmittags einen Bus, der die Arbeiterinnen aus der Weinfabrik nach Hause bringt, da könnten wir vielleicht mitfahren. Überschwänglich bedanken wir uns für den Tipp mit einer Runde Ouzo und als Marion erzählt,ich hätte heute Geburtstag, nimmt einer die Bouzuki von der Wand und bald tanzt das ganze Lokal Syrtaki. Wirklich ein ungewöhnlicher Geburtstag.

Am nächsten Nachmittag dürfen wir tatsächlich im Bus der Fabrikarbeiterinnen gegen einen kleinen Obulus mitfahren. Es geht recht fidel zu und wild gestikulierend versucht man heraus zu bekommen, woher wir stammen. Der Bus rattert über Land durch Dörfer, Olivenhaine und Weinberge; Thymianduft und Dieselmief weht durch die geöffneten Fenster herein. Zwischendurch steigt immer mal eine Frau aus. Kefalos ist in Sicht, als der Fahrer auf freier Strecke hält und meint, am besten sollten wir jetzt aussteigen. Oben auf dem Berg, im Ort Kefalos, wohnen rund ums Kloster nur Einheimische, aber drüben, in den Dünen, gäbe es ein Gästehaus. Wieder einmal haben wir Glück. Vor dem Gebäude steht nur ein einziger BMW mit Athener Nummernschild und zersplittertem Seitenfenster. Das Appartment mit Bad, Sonnenterrase, kleiner Küche und Blick aufs Meer nehmen wir sofort. Im Gästehaus gibt es zwar eine Früh-stücksveranda, aber kein Restaurant. Auspacken wollen wir später wenn's dunkel ist. Jetzt laufen wir erstmal zum wunderschönen Sandstrand und als sich der Hunger meldet, schlendern wir zum kleinen Fischerhafen und entdecken eine Taverne. Ausser uns sitzt nur noch ein gut gekleideter, einzelner Herr mittleren Alters unter dem weinberankten Terrassendach und hat ein Glas Wasser vor sich. „Pass mal auf, gleich kommt der zu uns an denTisch", meint Marion . Und richtig. Höflich und verlegen schnorrt der eine Zigarette von uns. Das passt so gar nicht zu seinem gepflegten Äusseren und neugierig bitten wir ihn, Platz zu nehmen.

Er ist Anwalt aus Athen und war auf Rhodos im Urlaub. Angeblich ist ihm eine liebestolle amerikanische Lady derartig auf den Pelz gerückt, dass er fluchtartig die nächstbeste Autofähre genommen hat und so landete er auf Kos. Während der Überfahrt ist sein Auto ausgeraubt worden, der Dieb stieg wohl beim Zwischenstop auf Tilos aus. Jedenfalls hat er jetzt buchstäblich nur noch das, was er am Leib trägt und sein Auto mit dem eingeschlagenen Seitenfenster. Koffer, Schecks, Geld – alles ist futsch.

Allerdings scheint er mit einem sonnigen Gemüt gesegnet zu sein . „Ich habe in der Jackettinnentasche wenigstens noch meinen Pass und kann mich morgen ausweisen, wenn ich bei der Bank in Kos Stadt die telegrafische Geldanweisung abhole, um die ich meinen Kompagnon in Athen per R-Gespräch gebeten habe".

Dann borgt er sich von uns 50,- Mark, denn sein Tankt ist leer. Das klingt dermassen absurd, dass es schon wieder wahr sein könnte. Jedenfalls spendieren wir ihm auch noch ein Essen und rechnen damit, ihn und unser Geld nie wieder zu sehen. Tatsächlich ist am nächsten Morgen sein BMW vor unserem Gästehaus verschwunden. „Wie kann man nur so blauäugig sein" sinniert Marion. „Ja", sage ich, „aber er sah doch sooo gut und vertrauwürdig aus".

Faul liegen wir am Strand, lesen, baden und lassen uns die Sonneauf die blasse Haut scheinen. Nachmittags stapft ein Mann in Shorts, Hawai-Hemd und Sonnenhut, schwer beladen mit einem Picknick-Korb durch die Dünen auf uns zu.

Unser Athener Anwalt ist zurück und glücklich, sich revanchieren zu können. Während der nächsten zwei Tage fährt er mit uns zu allen Sehenswürdigkeiten der Insel, dann muß er zurück nach Athen und wir wollen zu den Schwammtauchern zur Insel Kalimnos weiterreisen.

(K)urlaub auf Sizilien

Vorweggenommenes Fazit: Für einen Pauschalurlaub scheine ich ungeeignet.

Samstags, Ende Dezember, holt mich ein Ibrahim morgens um 5.45 h direkt vor der Haustür ab. Skeptisch war ich schon: „Ob das wohl klappt ?" Nightliner ist ein deutschlandweiter Flughafenzubringer, nur über Internet buchbar.

Nachdem noch eine Dame in Timmendorfer Strand und zwei weitere in Lübeck zusteigen, liefert er uns am VIP Parkplatz direkt am Abflugterminal in Fuhlsbüttel ab. Ich bin dankbar, dem Redefluss der Dame aus Timmendorfer Strand zu entkommen. „Mein Mann war leitender Angestellter bei den Gaswerken... unser Joachim ist ja soooo besorgt um mich.... gestern ist der Strom ausgefallen, unser Joachim kam extra aus Lübeck, war aber nur eine Sicherung.... Brot und Aufschnitt habe ich eingefroren .... ich weiß gar nicht, ob ich das Licht ausgemacht habe.... fahren Sie auch nach Fuerte Ventura ?"

Im Abflugbereich sitzen zwei alleinreisende Herren, beide habenein Hündchen auf dem Schoß. Ansonsten ältere Damen in 2er oder 3er Grüppchen, teils angehübscht mit Filzhut, glitzerndem Silber- und Strassschmuck oder ausgerüstet mit festem Schuhwerk, Rucksack und Sportdress. Hausfrauen, die noch schnell mitgebrachte Stullen essen, sind auch dabei und schicke italienische Familien mit ihren lebhaften Bambini. Des trüben Wetters wegen haben die Damen ihre Sonnenbrillen auf dem Kopf; die Herren tragen das neueste Smartphone am Ohr. Sie sind umgeben von Mengen von Handgepäck und warten auf ihren Flug in die Heimat. Die Damen in der Sitzreihe hinter mir müssen schwerhörig sein. Schwerhörige neigen nämlich dazu, laut zu sprechen. Daher bin ich über „Waltraud ihre Gallenoperation" informiert und „Helmut sein Knie ist schon zweimal labroskopiert worden". Sie meint Laparoskopie, was aber nicht nicht stimmt, da so eine Unter-suchung den Bauchbereich betrifft. Ich halte mich zurück undschaue genervt in mein Buch.

Passagiere von German Wings müssen ihren Kaffee oder den auf Flügen so beliebten Tomatensaft selbst zahlen. Ich reiße das Milchdöschen für meinen Kaffee auf und - schwupps – landet ein Spritzer auf der Hose meines Nachbarn: „Oh, pardon". Nach drei Stunden, bei der Landung in Catania, rubbelt er noch immer mit einem Feuchttuch - wie die Stewardess das nach Klostein riechende Tüchlein nennt - auf seiner Hose herum.

Das Wetter in Catania ist frühlingshaft schön. Der Aetna grüßt majestätisch mit einer leuchtenden Schneekapuze. Ein Kleinbusbringt die Gruppe ins Hotel nach Letojanni in der Nähe von Taormina. Auf der Fahrt werde ich von den Damen hinter mirausgiebig über ihre Reisen nach Vietnam, Mexiko oder sieben Tage Dubai unterrichtet. Kein Schnäppchen wird verpasst. Ich habe den Eindruck, es geht nur darum, exotische Ziele zu sammeln und auf einer Liste abzuhaken; weit entfernt von Abenteuerlust, Neugier auf fremde Länder und Menschen und deren Kulturen zu erkunden. Man erwartet deutsche Standards, vertrautes Essen, deutschsprachige Animation und Filterkaffee.

Als sich der Bus auf der letzten Strecke steile Serpentinen hinaufquält weiß ich, warum das Hotel Olimpo getauft wurde. Nie und nimmer schaffe ich den steilen Aufstieg, sollte ich mal den Olympzu Fuß verlassen wollen. Das Hotel besteht aus mehreren Komplexen, wobei das Olimpo ganz oben in den Felsen hineingebaut wurde und das Antares weiter unten. Beide Anlagen sind mit gläsernen Aufzügen ver- bunden. Ich muss also nicht kraxeln, wenn ich mal ins Städtchen möchte.

Schnell ins Zimmer, da gleich eine Einweisung stattfinden soll. Mein Zimmer ist sehr geräumig und hell. Von den seitlichen Panoramafenstern sehe ich die Berge und von der Loggia vorne blicke ich aufs weite Meer. Seitlich sehe ich die Straße von Messina - ganz toll. Allerdings verläuft parallel zum Meer eine Autobahn; in der Saison könnte das eine Belästigung sein. Die Einweisung geht ruck zuck. „Ich habe 400 Gäste zu betreuen" meint die gehetzt wirkende Reiseleiterin. Ein Lageplan der riesigen Hotelanlage wird überreicht und seitenweise Termine für Anwendungen und

Ausflüge. „Am Schwarzen Brett finden Sie dann noch die Zeiten für Koch-, Tanz- und Sprachkurse". Dann bekommen alle Utensilien zum Verkleiden für den morgigen Piratenabend - gutgütiger Gott …. Ursprünglich hieß die Veranstaltung Mafia Ball, was nach Einspruch der Gemeindevertretung geändert wurde.

Zurück im Zimmer hole ich erst mal tief Luft und packe aus. An Massenveranstaltungen wie eben muss ich mich wohl gewöhnen. Am Schwarzen Brett im Foyer trage ich mich in die Sprach- und Kochkurse ein.Veranstaltungen wie Bingo, Wahl Miss Olimpo, Karaoke für Jedermann oder Tango mit Marion „übersehe" ich.

Den Wust der Zettelwirtschaft ordne ich zu einem übersichtlichen Stundenplan, so kann ich täglich auf einen Blick sehen, was ansteht. Ich stelle fest, dass die Termine eine logistische Meisterleistung sind. Nix überschneidet sich. Massage, Fango, Elektrotherapie, Wassergymnastik, Ausflüge, Sprach- und Kochkursus - alles gut machbar. Vor dem Abendessen gehe ich auf Entdeckungstour. Zu den Anwendungen muss ich runter ins Antares.

Der Wellnessbereich mit Muckibude, Sauna, Innenpool ist im Erdgeschoss bei mir im Olimpo. Draußen finde ich zwei Poolbereiche und Liegen und mehrere Bistros, verteilt auf verschiedene Terrassen. Ein gemütliches, individuelles Hotel habe ich natürlich nicht erwartet, aber ein derartiges Ressort, genannt Anlage, auch nicht.

Alles ist riesig; genauso auch die Speisesäle. Man hat sich bemüht, den Eindruck von Bahnhofshallen durch üppigen Kunstblumenschmuck zu mildern. Auch achtet man darauf, dass dieTedesci und Italiani schön getrennt gehalten werden. Wie sich später herausstellt, ist das durchaus angebracht. Leider entsprechen nicht alle meiner Landsleute einem Publikum, das man in einem 4 Sterne Hotel erwartet.

Ich werde an einen Tisch mit Gästen aus Dortmund und Hannover plaziert. Auf dem Tisch stehen Mineralwasser-, Weiß- und Rotweinflaschen. Der Herr aus Dortmund vermisst „Schianti".

„Schauen Sie mal aufs Etikett – eigentlich verständlich, dass man uns sizilianische Weine anbietet. Kianti (Chianti) kommt aus der Toscana."

Mehrere riesige Buffets lassen keine Wünsche offen. Warme und kalte Antipasti, frische Salate, verschiedene Pasta, mehrere Fleisch und Fischgerichte, Gemüse zur Auswahl und viele Puddings, Törtchen, Eis und Obst. Ein Schlaraffenland echter, unverfälschter italienischer Küche erwartet mich nun jeden Abend. Den weitgereisten Gästen an meinem Tisch fehlen Salzkartoffeln mit Sauce und „Pizza wäre schön". Dazu sage ich nichts, auch nicht zu den aufgetürmten Mischungen aus Vorspeisen und Hauptgerichten und Salaten - alles auf einem Teller.

Nach dem Essen setze ich mich in die Piano Bar in einen tiefen Sessel mit Blick aufs Meer und lasse den Tag ausklingen.

Ein älteres Ehepaar nähert sich. Sie hat Schwierigkeiten, ihren torkelnden Mann zu einem Sessel zu schleppen. Ein Sakko aus besseren Zeiten schlottert um seinen Körper.Sobald sie verschwunden ist - hat im Speisesaal ihre Handtasche vergessen - rappelt er sich auf in Richtung Bar, stolpert und knallt auf den Marmorfußboden. Herbeieilende Ober greifen ihm unter die Achseln und mit hinterher schleifenden Beinen wird er hinaus gebracht.

Sonntag Vormittag ziehe ich nach dem Frühstück den Saunamantel an und gehe zur ersten Wassergymnastik; macht Spass. Aber ich wundere mich: Warum kommt die Therapeutin wohl aus Polen ? Später stelle ich fest, dass alle Physio-Anwendungen von sehr kompetenden Polen ausgeführt werden. Das Reiseunternehmen hat in ihren Hotels in Spanien, Kroatien und eben auch in Italien mit einem Dienstleister aus Warschau Verträge abgeschlossen. Sie arbeiten 10 Stunden an 7 Tagen in der Woche, u.z. unter Tarif. Trotzdem sind sie immer freundlich, weil ihr vergleichsweise geringes Einkommen höher ist als ihr Verdienst zuHause. Fortan beschleicht mich immer ein schlechtes Gewissen, wenn ich zum Fango oder Massage gehe. Wär vielleicht mal ein Fall für Günther Wallraf.

Nachmittags steht eine Busfahrt zum Aetna auf dem Programm. Wir fahren durch hübsche alte Orte. Schon die Namen erinnern an eine geschichtsträchtige Vergangenheit. Zum Beispiel Zeráfano". Kommt vom arabischen Safran. Schwarze Lavamassen, seit dem letzten Ausbruch zu bizarren Felsen versteinert, türmen sich draußen auf. Aber das interessiert die Mitfahrenden nicht sonderlich. Hinter mir debattieren zwei Damen, ob man Kohlrouladen lieber mit Weißkohl oder Wirsing zubereitet.

Bis auf 2.600 m ist der Aetna befahrbar. Auf ihren Patrouillefahrten zu den 7 Kratern gelangen die Ranger per Jeep.

Ein plötzlicher Schneesturm verhindert unser Weiterkommen. Ausweichstellen gibt es nicht. Wir rollen also im Leerlauf schrittchenweise rückwärts durch Haarnadelkurven über die unübersichtliche, steile Straße. Die Mitreisenden sind voller lautstarker Ratschläge. Dem Fahrer wird zugerufen, was zu machen ist. Ihm wird das zu bunt und die Reiseleiterin verdonnert die Passagiere, Ruhe zu bewahren und vor allem auf den Sitzplätzen zu bleiben. Nach gefühlten 3 Stunden entschließt sich der Fahrer, an einer weniger gefährlichen Stelle zu wenden.

Inzwischen ist ein Polizeifahrzeug mit Blaulicht und ein Schneepflug aus dem Nebel aufgetaucht. Der Schnee wird zu Regen, als wir in der Ortschaft „Stadt des Honigs" auf dem Marktplatz anhalten. Alle müssen mal. Im kleinen Café gibt's nur eine Toilette. Beim Weiterfahren mokiert man sich darüber: „Die Sauna darf nur in Badeklamotten betreten werden und hier müssen Damen und Herren sich ein Klo teilen - ist das die italienische Kultur ?" Mir geht dieses Gefasele derartig auf die Nerven, dass ich beschließe, weitere Gemeinschaftsausflüge sausen zu lassen und lieber auf eigene Faust loszuziehen.

Aber zunächst liege ich einen Tag lang flach. Mir waren im Restaurant schon etliche Lücken während der Mahlzeiten aufgefallen und nun hat der hoteleigene Virus mich auch erwischt.

Obwohl ich mir zusätzliche Decken bringen lasse und heißen Tee trinke, friere ich erbärmlich im Bett mit Platz für zwei Familien.

Etwas benebelt ziehe ich am nächsten Morgen die Vorhänge auf. Nein, ich bin gar nicht benebelt - es hat geschneit ! Bougainville, Oleander, Palmen, alles ist weiß überzogen. Das hat man hier seit 14 Jahren nicht mehr gesehen. Die Fahrstühle sind wohl für Schnee nicht konzipiert, jedenfalls sind sie außer Betrieb und ich sehe etliche Gestalten in weißen Bademäntel und Flip Flops,die über verschneite steile Treppe versuchen, ins Antares zurAnwendung zu gelangen – man hat ja bezahlt !

Andere beschweren sich an der Rezeption über die Missstände. Ja beschweren - das können sie gut. Ich verzichte heute auf Massage. Aber runter nach Letojanni muss ich trotzdem. Meine Zigaretten sind alle und im Hotel kann man keine kaufen – gibt's nur in lizensierten Tabacci. Nach mehrfachem Fragen finde ich einen Laden und kaufe gleich eine ganze Stange - man weiß ja nie.

Dann notiere ich mir die Abfahrtzeiten des Bus nach Syrakus. In diese historische Stadt will ich unbedingt. Vor der heutigen Zeitrechnung war es Korinths größte Kolonie. Später kamen die Griechen, die u.a. ein Theater von sage und schreibe 134 m Durchmesser in einen Felsen hauten. Römer folgten mit Wasserleitungen, Tempel und Amphitheater; Normannen waren auch dort und alle haben sehenswerte Spuren hinterlassen.

Dann finde ich die Haltestelle nach Lingua Rossa. Übersetzt heißt der Ort „Rote Zunge", womit Lavaströme eines besonders schweren Vulkanausbruchs dem Ort seinen Namen gaben. Man kann von dort mit einer Kleinbahn in vier Stunden den Aetna umrunden. Das Bähnchen fährt durch Olivenhaine und Weingärten und Dörfer mit Häusern aus Lavagestein.

Heute steigt das Silvester Gala Diner. Ich lande an einem Tisch mit zwei Ehepaaren von der Schwäbischen Alb. Ober in weißen Dinnerjackets servieren ein sagenhaftes Achtgänge Menü.

Voller Skepsis liest einer der Schwaben die Bütten-Karte: Hummersalat, Riesengarnelen an Cognacsauce, Tournedos mit Artischocken, Steinpilzrisotto, Sorbet usw. „Flädlesuppe tät mir scho lange"... Obwohl er die Köstlichkeiten kaum anrührt, wandert die Karte in seinen Trachtenjanker „für daheim".

Seine Frau mokiert sich „zu Hause ist aber Schluss mit de Sauferei, da gibt's wieder Wasser !" Ich kann's mir nicht verkneifen: „Sie könnten auch hier Mineralwasser trinken, kostet genau wie der Wein nichts extra." Der andere Schwabe schwärmt von Norddeutschland, nachdem ich erzähle, aus Schleswig Holstein zukommen. „Ja, ja am Zwischenahner Meer waren wir auch schon".

Zur Untermalung seiner Reiseerlebnisse klopft er mir ständig kräftig auf die Schulter. Seine Frau sitzt mit einem selig entrückten Lächeln daneben. Ihr Hörgerät hat sie wegen der unangenehmen Geräuschentwicklung im Zimmer gelassen.

Die einzelnen Gänge des Gala Dinners sind so getaktet, dass Punkt 24 Uhr Eisbombe und Sekt serviert werden und damit ist Silvester vorbei.

Inzwischen findet auch der Konversationskurs statt, den zwei Studentinnen auf Lehramt sehr engagiert und humorvoll gestalten. Man ist bemüht, den Tedesci Floskeln aus dem Alltag zu vermitteln. „Ich heiße Sandra und wie heißen Sie ?" „Wo kommen Sie her"? So geht's los. Ein Mann scheint vergessen zu haben, wie er heißt. „Ai dont anderständ". Lieber Gott mach, dass ich mich beherrsche ! Nachdem sich bei den nächsten Treffen nur noch eine Hand voll Teilnehmer einfindet, macht der Kurs aber richtig Spaß und ich kann mein Wissen aufstocken.

Heute war ich in Catania. Bewundernswert sind die vielen schwarzen, alt ehrwürdigen Palazzi. Als ich den großen Fischmarkt und Hafen bewundert habe und auf der Suche nach einem Capuccino , lande ich in einem Straßencafé an einer kleinen Piacetta und komme mit einer Contessa ins Gespräch. Na ja, ob sie echt ist, kann ich natürlich nicht beurteilen aber sie erzählt mir, dass manche Leute ihre Paläste für „paying guests" öffnen. Man kann dort übernachten, so à la bad and breakfast. Viele haben außerhalb auch Weinberge und wenn die Chemie stimmt, wird man in der Familie aufgenommen.

Heute komme ich gerade aus Taormina zurück. Malerisches Städtchen mit unzähligen Cafés und Trödelläden und kleinen vorgelagerten Inselchen. Ich widerstehe, eine der wunderschönen Marionetten zu kaufen. Traditionelle, alte Puppen, fast einen Meter groß und sicherlich ihr Geld wert.

Abends stehe ich perplext im Speisesaal. Der Raum wurde von zahlungskräftigen Russen für einen Abend gemietet. Die juwelenbehangenen Damen stark parfümiert, die Herren in zu engen Anzügen. Den Anschlag am schwarzen Brett, dass unsere Gruppe ins Antares ausquartiert ist, habe ich nicht gesehen.

Das Restaurant unten ist kleiner, so dass ich nur noch einen Katzentisch erwische. Hat aber auch was Gutes. Der Chefkoch, mit riesiger Mütze, bringt mir persönlich wunderbare Köstlichkeiten - er erinnert sich nämlich, dass ich beim Kochkurs molto simpática war und mit ihm Italienisch gesprochen habe.

Unser Rückflug ist äußerst unangenehm. Über Hamburg wütet ein Wintersturm und beim Aussteigen fliegt meine Brille davon. Aber Ibrahim wartet schon und bringt mich sicher bis vor die Tür nach Hause.

Sizilien ist wunderschön. Aber - wie anfangs erwähnt - Pauschalreisen werden nicht mein Ding !

Mal kurz nach Dänemark

Wir haben Freitickets gewonnen – für die Autofähre von Travemünde ins dänische Gedser. Damit beginnt eine abenteuerliche Reise, deren Verlauf völlig offen ist. Bestens ausgerüstet mit unzähligen Provianttüten, Campinggrill, kleinen Übernachtungsbeuteln, fahren wir in Travemünde auf die Fähre nach Gedser. Die Sonne strahlt, im Dutyfree Shop kauft Mike Zigartten und seinen Lieblingswhisky – eigentlich lohnt sich das überhaupt nicht, aber.... Und obwohl wir einen gut bestückten Picknick-Korb dabei haben, können Ilo und ich nicht widerstehen und kaufen in der Cafeteria köstliche Smörrebröds, die uns in einer windgeschützten Ecke an Deck wunderbar schmecken. Es wäre ja auch v i e l zu umständlich, den schweren Korb aus dem Auto im untersten Deck der Fähre zu holen !

Wie heutzutage weitverbreitet, hat auch die dänische Reederei ihre Schiffe ausgeflaggt. Unser Scherzkeks Hans entdeckt am Heck die Landesfahne der Fähre. „Ach seht mal, vielleicht nimmt unser Kahn ja Kurs auf seinen Heimathafen Nassau".

Die Leute am Nachbartisch schauen indigniert zu uns herüber;was sie über diese ignoranten Deutsche denken, ist ihnen deutlich anzusehen. Dieser taxierende Blick soll uns abends nochmals treffen.

Wir haben kein bestimmtes Ziel und fahren von Gedser durch Lolland in nördliche Richtung, lassen Kopenhagen rechts liegen und erreichen die wunderschöne Landzunge bei Nyköbing. In den Dünen wird endlich der Picknick-Korb geplündert. Gestärkt geht die Fahrt weiter, entlang der traumhaften Küstenstrasse nach Kalundborg, wo wir uns kurzerhand einschiffen. Das entpuppt sich als kostspieliges Unterfangen und wir trösten uns, dass man in Ferienlaune ist, ein plötzliches Fernweh uns übermannt hat und die Überfahrt nach Gedser schliesslich umsonst war.

Nach einem Stop in Kolby auf Samsö erreicht die Fähre Jütland. Es wird allmählich dunkel und Mike hat keine Lust mehr, uns weiter durch die Landschaft zu kutschieren. Das Schild eines einsam gelegenen Gehöfts „bed and breakfast" kommt da gut zu paß.

Natürlich sehen wir inzwischen etwas ramponiert aus und unser Gepäck, bestehend aus diversen Plastiktüten, macht nicht viel her. Der Wirt tuschelt mit seiner Frau – ich kann deutlich das Wort Zigeuner hören. Man verlangt, unsere Ausweise zu sehen und erst, als auch die Wagenpapiere mit Ausweis und dem Auto kennzeichen verglichen sind, bekommen wir Zimmer.

Wir schaffen es gerade noch, die Tür von innen zu schliessen, dann bekommen wir einen Lachanfall, fast als Landstreicher eingestuft worden zu sein.

Seelenruhig kramt Hans den Campingkocher hervor und erhitzt eine Dose Wiener Würstchen während Mike seinen kostbaren Whisky aus der Kühlbox nimmt. Bei Kerzenschein – Ilo hat im Flur einen Kerzenständer gefunden – trinken wir 5 Jahre alten Single Malt Whisky aus Zahnputzgläsern, essen heisse Würstchen und plumpsen dann in die Heia.

Beim Frühstück legen wir die weitere Strecke fest. Ganz oben, am Ende von Jütland, entdecken wir Skagen und ca. 120 km davor liegt Aalborg. Schnell steht fest: In Aalborg wollen wir Original Aquavit kaufen und in Skagen sehen, wie sich Nord- und Ostsee vereinen.

Auf einer Landstrasse fahren wir immer längs des Kattegat. Aalborg liegt etwas landeinwärts, aber leider sind Läden und Destille geschlossen. In unserer Urlaubsstimmung haben wir glatt übersehen, dass heute Sonntag ist. Mit einer kleinen Fähre überqueren wir den Limford. Ich hatte die Hoffnung, entlang des Limfjords ein Lokal zu finden, wo wir die berühmten Miesmuscheln essen könnten. Offensichtlich liegen die Farmen aber wohl an der Nordseeseite.

Am frühen Nachmittag erreichen wir das hübsche Skagen. Als erstes suchen wir uns für die Nacht ein nettes Privatquartier und stapfen dann durch Dünen und Kniepsand zur äussersten Landspitze. Ich hatte die Vorstellung, dass da gewaltige Wellen brausen aber Nord- und Ostsee treffen ganz friedlich aufeinander.

Nachdem wir schon keine Limfjordmuscheln bekommen haben, wollen wir jetzt Fisch essen, aber nicht im Restaurant – soviel steht fest. Am Ortsrand entdecken wir die staatliche Fischgenossenschaft und ich gehe durch das offenstehende Tor. Auf Privatkunden ist man nicht eingestellt. Ich stehe etwas verloren zwischen riesigen Bassins, Förderbändern und Fischkisten. Ein Seebär fragt, was ich hier zu suchen hätte. Na, lange Rede kurzer Sinn, am Ende schenkt er mir vier fangfrische Makrelen – die zappeln noch.

Wir fahren sodann auf die Nordseeseite und sind überwältigt von dem unendlich langen, breiten, feinen Sandstrand. Als erstes buddelt Hans unsere 3 l Korbflasche Vinho Verde am Ufer zur Kühlung ein. Dann sammeln die Männer Treibholz, Ilo schnippelt Tomaten, Gurke und Paprika und ich soll die Fische für den Grill vorbereiten. Barfuß, mit hochgekrempelter Hose steige ich in die Nordsee und schwupp, eine der Makrelen will entwischen. Ich fange sie wieder ein , bin aber bis zur Hüfte nass. Meine Jeans wird zum Trocknen auf einem Felsen nahe des inzwischen lodernden Lagerfeuers ausgebreitet und ich in eine Wolldecke gewickelt. Die Stimmung ist bombig. Ilo schwelgt in Erinnerungen an ihre frühere Zeit bei den Pfadfindern. Eine blutrote Sonne verschwin-det langsam hinter dem Horizont und gleichzeitig geht der Mond auf. Das glaubt uns zu Hause kein Mensch.

Wir sind uns einig: Keine organisierte all-inclusive Reise kann so ereignisreich sein wie unsere Fahrt ins Blaue.

Europäisches Raumfahrtzentrum

Von Rotterdam über Tilbury, Le Havre, Sint Maarten (niederländische Antillen), und Trinidad sind wir jetzt auf dem Weg nach Dechard des Cannes, dem Hafen von Cayenne in Französisch Guyana.

Wir müssen den Höchststand der Flut abwarten, weil die Flussmündung nur 6 m tief ist und der Tiefgang des Schiffs 5,85 m beträgt. Das Wasser aus den Ballasttanks wurde abgelassen, der Pool ist leer und einige Container sind sogar auf Trinidad geblieben, um über evtl. Untiefen „rüberrutschen" zu können.

In schwüler Tropennacht – wir befinden uns in unmittelbarer Nähe zum Äquator - schleichen wir die 25 Meilen flussaufwärts nach Dechard des Cannes. Die Brücke ist vollkommen abgedunkelt, nur die Monitore leuchten gespenstisch grün. Für uns Europäer steht in dieser Hemisphäre der Mond auf demKopf; das Kreuz des Südens ist leicht zu finden.

Am nächsten Morgen schlängeln wir 4 Passagiere uns durch einen Container-Dschungel und einer Meute herrenloser Hunde zum Büro des französischen Reederei-Agenten. Er stammt aus Le Havre und ist sehr gesprächig und hilfsbereit, Besuch von Passagieren eines Frachtschiffs gehören nicht zu seinem Alltag. Er erzählt uns, dass Sonntag Karnevalsumzüge durch Cayenne stattfinden und bringt uns netterweise in seinem Privatwagen ins 18 km entfernte Cayenne.

Franz. Guyana wird von einem bunten Völkergemisch bewohnt. Textilshops werden von Libanesen geführt, Lebensmittelläden von Chinesen. Natürlich gibt es Franzosen und auch Kreolen und viele Asiaten, die früher wegen des Indochina Krieges hierher geflohen sind. Heute ist Markttag. In den Strassen rund um die Halle werden Obst und Gemüse von dicken schwarzen Mamas angeboten und in der Markthallte selbst gibt's mehrere vietnamesische Garküchen. Mir ist vor Hitze, den Gerüchen und den plötzlich fehlenden Schifsbewegungen ganz schwindelig.

Brav reihe ich mich in eine Warteschlage ein und kaufe frisches, duftendes Baguette und 1 Flasche Wasser.

Man zahlt mit Euro. Zwar befinden wir uns in der Karibik aber doch auf europäischem Boden – Guyana ist ein französisches Departement.

Nach einer Weile treffe ich auf Paul und Marye, zwei meiner holländischen Mitpassagiere – beim Kaffee auf einer Bistroterrasse. Wir sind verschwitzt und erschöpft und beschliessen, für 25 € ein Taxi zurück zum Schiff nehmen.

Ein wunderschöner Tropenhimmel begrüsst mich am nächsten Morgen. Ich habe die Karte studiert und einen Ort Monjoly mit eingezeichnetem Badestrand gefunden. Gleich um 8 marschiere ich Richtung Gate in der Hoffnung, der Agent bestellt mir ein Taxi. Leider ist Monsieur Daniel unterwegs. An der Tür hängt ein Zettel „je reviens dans une heure". Nee, das dauert mir zu lange und optimistisch mache ich mich zu Fuss auf den Weg. Fussgänger sind hier selten. Bald hält ein Auto und ein netter Franzose meint, er könne mich bis Remire mitnehmen. Er ist Finanzchef von Chevron/Texaco, hat Ökonomie in Paris studiert und ist mit einer Amerikanerin verheiratet. Wir fahren immer entlang der Küste und kommen zu einem Camp brasilianischer Kiter.

Er muss hier abbiegen und meint, ein Stückchen weiter kommt man zu einem Restaurant und dort würde man mir ein Taxi rufen, bien sur ! Nach einiger Zeit sehe ich tatsächlich eine Kneipe, die aber verlassen und total verrammelt ist. Zurück wäre viel zu weit, also laufe ich weiter. Zwischendruch führen Stichstrassen durch den Urwald hinunter zum Meer, alle abgeriegelt und als Privat-besitz gekennzeichnet. Meine Füsse sind inzwischen bestimmt schon 2 Schuhgrössen gewachsen.

Da sehe ich einen chinesischen Tante Emma Laden mitten im Nirgendwo und bitte, mir ein Taxi zu rufen. Dafür benötigt man aber eine Code-Nummer, die weder ich noch der Inhaber kennen. Er beschreibt mir den Weg zur Hauptstrasse, wo man Sammeltaxis anhalten kann. Lange Rede kurzer Sinn, nach geraumer Zeit sitze ich tatsächlich inmitten ausschliesslich schwarzer Fahrgäste in einem Sammeltaxi nach Cayenne. Eigentlich wollte ich ja zum Strand, aber egal. Irgendwo am Ortsausgang von Cayenne ist Endstation. Gottseidank habe ich eine Karte dabei und finde im Centrum ein Taxi.

Inzwischen ist die Luft elektrisch aufgeladen, die Luft fühlt sich an wie in der Sauna nach einem Aufguss, die nahen Berge sind von zerfetzten Wolkengebilden verhangen und gerade rechtzeitig vor einem gewaltigen Tropengewitter errreiche ich mein schwimmendes „zu Hause". Im Office treffe ich auf Monsieur Daniel, dem Agenten. Er will versuchen, eine Besuchserlaubnis für das europäische Raumfahrtzentrum in Kourou zu bekommen. Natürlich weiss ich, dass die ESA in Kourou ansässig ist; aber ehrlich gesagt war mir nicht bekannt, dass sich das h i e r in franz. Guyana befindet.

Ein riesiges Areal von einigen Quadratkilometern Ausmass ist in der Savanne errichtet worden. An Laufen ist gar nicht zu denken. Einer Delegation hochdekorierter amerikanischer Army-Vertreter und uns wird im Pressezentrum des Jupiter Gebäudes ein einstündiger Vortrag mit Filmen und Erläuterungen präsentiert. Was mich dabei irritiert: Es ensteht der Eindruck, als sei ESA ein rein französischen Projekt. Schliesslich heisst es EUROPÄ-ISCHES Raumfahrtzentrum und Länder wie Deutschland sind dabei beteiligt – auch finanziell !

Pässe werden einbehalten, nach einem Taschen- und Bodycheck wird die angemeldete Gruppe per Bus zu den einzelnen Stationen gefahren. Nach jedem Schlagbaum wiederholen sich die Sicherheitskontrollen. In Kourou werden u.a. Satelliten mit der Ariane-Rakete ins All geschossen. Sogar die Russen nutzen den Bahnhof für ihre Sojous-Raketen. Wenn sie anreisen, bringt die Delegation auch eigene Köche mit.

Dank der im All schwirrenden Satelliten funktionieren weltweit Handys, TV-Schüsseln, Navis, Google Earth, Video-Telefonkonferenzen usw. Wir sehen den „Bahnhof", an dem die zerlegten

Raketen angeliefert und auf dem Schienenweg zu den Montage-
stationen transportiert werden. Für Ariane-, Vega- und Sojus-
Raketen gibt es eigene Abschussstationen. Wegen der unterirdi-
schen Treibstoff- und Chemikalientanks herrscht überall, auch in
geschlossenen Gebäuden, Rauchverbot. Mehrere rote Feuerwehr-
stützpunkte verteilen sich auf dem Gelände. An den Fahrzeugen
entdecke ich Pariser Kennzeichen. Fuhrpark und Mannschaften
kommen tatsächlich aus Paris. Wir gelangen sogar ins Herzstück
der ESA Zentrale. Von einer Empore hinter Panzerglas beobachten
wir Ingenieure und Physiker bei der Arbeit. Sie sitzen an langen
Reihen von Bildschirmen und Schalttafeln. Man ist hier verbunden
mit den ESA-Zentren in Europa, der Station auf dem Muruaroa
Atoll, dem Bahnhof in Baikonur und auch mit der NASA. Mir
kommt alles unwirklich vor, wie im Film Raumschiff Enterprise.
Kourou wurde als Standort ausgewählt wegen der unmittelbaren
Nähe zum Äquator, den riesigen Wassermassen links und
rechtsdes Areals und nicht zuletzt auch deshalb, weil franz.
Guyana als französisches Department zu Europa gehört.

Die Führung dauert einige Stunden. Man ist mit Wissen so voll-
gestopft, dass einem der Kopf schwirrt. Zurück fährt unser Taxi am
Fähranleger zur Teufelsinsel vorbei (Stichwort: der Roman
„Papillon" über die Dreyfuss Affaire). Man könnte des Gefange-
nenlager besichtigen. Einstimmig verzichten wir darauf - auch
wenn man hier wohl nie wieder herkommt.

Nach vier ereignisreichen Tagen schippern wir Richtung Belém.
Die Decks werden geschrubbt, im Pool schwabbt frisches Wasser
und von einem schattigen Plätzchen aus beobachte wir eine
Delphin Schule und haben das Gefühl, sie geben ihre Vorstellung
nur für uns.

Ende

Zeitfracht Medien GmbH
Ferdinand-Jühlke-Straße 7
99095 Erfurt, Deutschland
produktsicherheit@kolibri360.de